KB033703

어 하는 사람들을 더 힘들게 하는 말일 뿐이다.

그들은 바보 같거나 미련한 것이 아니다. 단지 남들보
다 조금 더 정이 많고 사람을 조금 더 소중하게 여기는 사
람들일 뿐이다.

그렇지 않아도 힘든 하루 속에서, 남들보다 그저 조금 더 정이 많고 조금 더 사람들을 소중히 여겼을 뿐인 자신을 더 힘들게 만들지 않았으면 좋겠습니다.

## 책을 마치며

정말 열심히 베풀며 살고 싶고 주변의 이들에게 친절한 사람이 되고 싶지만, 그러지 못하는 날들이 많습니다.

번듯한 직장에 들어간 친구의 합격 소식에도 잠시 도와달라는 간절한 부탁에도 아침은 먹고 가라던 부모님의 따뜻한 마음에도. 어느 것 하나 친절하지 못하곤 합니다. 여유가 없어서, 정확히는 마음의 여유가 없어서 그렇습니다. 쉽게 짜증이 나는 것도 무언가 열심히 하는데 공허함이 채워지지 않는 것도 마찬가지일 겁니다.

살아가면서 우리를 풍요롭게 만드는 모든 것들은 마음의 여유가 받침입니다. 마음의 여유가 있으면 우리는 충분히 친구의 합격 소식에 축하해줄 수 있고 잠시 도와달라는 부탁에 흔쾌히 답을 해줄 수 있고 아침을 먹고 가라던 부모의 말에 아침을 먹을 순 없어도 먹지 못할 이유를 차분하게 말할 수 있으니 말입니다.

거창한 것이 아닙니다. 내가 마음의 여유를 갖고자 한다면 가질 수 있는 거니까. 마음의 여유를 찾아야겠다며 잠시 모든 것을 멈추고 나만의 시간을 갖는 것. 그거면 충분한 것입니다.

그러니 아무리 바쁘게 살아가는 삶이라도 반드시 마음의 여유를 놓지 않았으면 합니다. 마음의 여유가 없으면 자꾸만 당연한 것들을 놓칠 것이고 후회하는 날들만 쌓여가 우리를 슬프게만 만들 테니까.

그렇게 조금만 용기를 내어 나아가기를 바랍니다.

# 일단 자고 내일 생각할게요

**1판 1쇄 발행** ┃ 2020년 05월 31일
**1판 2쇄 발행** ┃ 2021년 02월 11일

**지 은 이** 박영준

**발 행 인** 정영욱
**일러스트** 현유리(@yuri_drawingflow)

**펴낸곳** (주)부크럼
**주 소** 서울특별시 구로구 디지털로 243 지하이시티 1813호
**전 화** 070-5138-9971~3 (도서기획제작팀)
**이메일** editor@bookrum.co.kr
**인스타그램** @bookrum.official
**블로그** blog.naver.com/s2mfairy
**포스트** post.naver.com/s2mfairy

ⓒ 박영준, 2020
ISBN 979-11-6214-333-9

있는
그대로
눈부신

—

너에게

당신은 소중하다.
당신이라서 소중하다.


있는 그대로
눈부신
너에게


못
말

에
세
이

당신의 일상이

당신의 이름으로

빛날 수 있기를


　며칠 전, 피아노 학원을 등록했습니다. 피아노를 배워 보고 싶다고 처음 생각했던 것은 고등학교 3학년 때의 일입니다. 수능 시험을 막 치르고 졸업을 앞두고 있던 터라, 선생님들께선 제발 땡땡이만 치지 말라며 온종일 영화를 틀어 주시곤 했습니다. 그러다 하루는 「말할 수 없는 비밀」이라는 영화를 보게 됐어요. 거기서 극 중 상륜과 위하오가 흑건 백건, 쇼팽 왈츠, 두 금삼 등을 연주하며 피아노 실력을 겨루는 장면이 나오는데, 그 장면을 보고 저는 피아노라는 악기에 완전히 반해 버렸습니다. 「말할 수 없는 비밀」을 보신 분이라면 누구나 공감하실 거예요. 아무튼, 그날 이후로 한 번쯤 피아노를 배워 보고 싶다고 그렇게 생각했는데요. 막상 배우려고 하니 경제적으로도 시간적으로도 여건이 녹록지 않을뿐더러, 음표 하나 읽을 줄 모르는 내가 과연 잘 칠 수 있을까 하는 그런 의구심이 드는 탓에 피아노를 향한 제 열망은 가슴 한구석에서 번번이 커트 당하고 말았습니다. '배워볼까?', '내가 할 수 있을까?' 혼자 속으로 주춤하는 사이 11년이란 시간이 흘렀습니다.

그날도 여느 때와 다름없이 저는 집 근처 카페에서 시시하게 책이나 읽고 있었습니다. 유난히 날이 좋아 테라스를 차지하고 앉아 있었죠. 그런데 문득 어떤 목소리가 들려왔습니다.

"처음이라 부족한 게 많네요. 오늘 수업 감사했습니다."

카페 바로 맞은편에는 기타 교습소가 있었는데요. 그곳 남색 문을 열고 밖으로 나오던 어떤 중년 남성이, 그 옆에 선생님으로 보이는 한 여성에게 인사를 건네는 소리였어요. 분위기로 미루어 보아 그는 요 근처에서 회사를 다니는 사람 같았고요. 얼핏 봐도 족히 쉰 살은 되어 보였습니다. 입구에 서서 입문용 기타에 대해 이야기 나누는 걸 보니 아마도 첫 레슨을 받고 나오는 길이었나 봅니다. 어색한지 목덜미를 자주 쓸어내리는 그에게서 저는 어떤 신비로운 빛을 본 것도 같은데. 아무튼, 그게 제 가슴에 큰불을 질러버렸습니다. 휴대폰으로 근처 피아노 학원을 검색한 저는, 곧바로 그곳을 찾아가 등록해 버렸습니다. 그 남성의 목소리를 듣고 피아노 학원을 등록하기까지 1시간이 채 걸리지 않았습니다.

오늘은 첫 피아노 레슨이 있었습니다. 레슨을 마치고 집으로 돌아오는 저를 마주하면서 오늘의 제가 참 다행으로 여겨졌습니다. 가슴에 뜨끈한 무언가가 남아있다는 것은 여전히 놀라운 일입니다. 그리고 그것을 향해 손 뻗을 용기가 남아있다는 것은 경이로운 일이 아닐 수 없습니다. 열망을 간직한 세계는 끊임없이 변화할 수 있고, 변화할 수 있는 세계는 계속해서 성장할 수 있습니다. '열망'을 '꿈'이나 '사랑'으로, '세계'를 '삶'이나 '사람'으로 바꾸어도 마찬가지입니다. 당신의 가슴을 뜨겁게 하는 건 무엇인가요?

모래 한 알만큼 작고 사소한 것일지라도 상관없습니다. 언젠가 그 작은 하나가 당신의 무겁게 내려앉은 어둠을 환히 밝혀줄 것이 분명하니까요.

이 책은 제가 열망했던 것을 끝까지 붙잡기 위해서 그리고 끝끝내 놓아주기 위해서 홀로 분투한 날들에 관한 기록입니다. 그래서 볼품없고 시시한 이야기로 가득할지 모릅니다. 하지만 저는 볼품없고 시시한 것들의 경이로운 힘을 믿습니다. 제가 오랜 시간 마음 바깥에 꺼내지 못했던 열망을, 단번에 실현할 수 있도록 용기를 준 누군가의 목소리처럼. 이 책 속의 시시한 한 문장이 오늘은 당신에게 닿아, 당신 가슴속에 남아있는 그 어떤 반짝임을 켜켜이 드러낼 수 있기를, 그래서, 당신의 일상이 당신의 이름으로 빛날 수 있기를 진심으로 바라겠습니다.

# Contents

## part 2 시가 된 날들

## part 3 견뎌 온 날들

## Epilogue

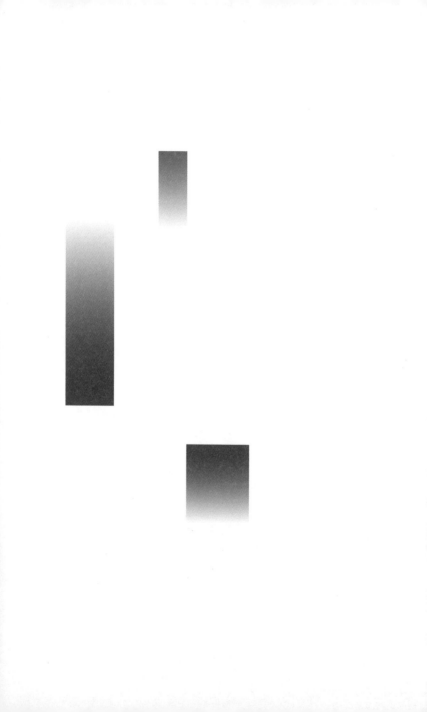

# 제1장

# 사랑한 날들

## 우리라는 여행

더이상 한 걸음도 내딛지 못하겠는데 "나는 괜찮아." 고개를 낮추고 눈을 마주 보고 때로는 퉁퉁 부은 다리를 조금 주물러 주기도 하는 것. 가끔 겨우 택한 길이 바라던 길이 아니어서 많은 것을 잃어버리기도 하고, 주저앉아 울고 싶기도 하고, 마음 귀퉁이 빨갛게 해지기도 하지만, 그래도, 그래도 "나는 괜찮아, 너는 좀 어때?" 잠시 앉아 쉴 낮은 돌담이 되어 주는 것. 다시 펼친 지도가 되어 주는 것. 출발선이 되어 주는 것. 바지춤에 묻은 흙먼지 툭툭 털며 고개를 돌리면, 그러나 웃어 주는, 힘을 주는,

사랑, 그 한 사람이 되어 주는 것.

# 마음 연못

사람의 마음속에는 연못이 하나 있다
두 팔 벌리면 품에 감싸 줄 수 있을 만큼
조그맣고 얕은 연못, 하지만 그 작은 연못은
비가 와도 바다를 부어도 채워지는 법이 없다
오직 한 사람의 눈빛만이 그곳을 넘치게 한다

# 소낙비 나를 흔들고

그때와 똑같은 햇살이 손등에 드리웠어
내려앉은 그림자는 오히려 상냥했지
꿈결인 듯 뒤척이면 따뜻한 내 옆으로
더 따뜻한 네가 두근거려서
나는 불가해한 것들에 대해서
조금 더 침묵할 수 있다는 듯
은근히 아랫배를 힘주어 보기도 했어

알아? 노을이 조각나고 달빛이 파리하게 시들어도
내가 그믐의 그믐을 향해 나아갈 수 있었던 건
돌아본 내 발자국 옆으로 언제나 네 발자국이
함께 놓여 있었기 때문이라는 걸

끝끝내 만류할 수 없는 낮은 구름 밀려와
새겨 둔 별자리 또 하나의 계시처럼
소낙비로 녹아내려 버렸지만,

아무 말 없이 입을 맞추고
아무 말 없이 어깨를 다독이고
서녘 노을 아래로 아무 말 없이
서로를 밀쳤지만,

이제 나는 고개 너머로 놓친 순간에 대해
무엇도 미워하지 않기로 했단다

가로등 쉼 없이 팔매질하는 눈먼 환희보다
한 계절 내내 울다 죽어 버리는 게 전부인 생애보다
꽃의 절정을 주저 없이 꺾어 내는 삼일우보다
무모했고 미련했고 냉정했던 우리를
기뻐할 수 있게 되는 날이 온다면

맑은 햇살 상냥한 어둠 그러다 문득 머리맡에
예고 없는 소낙비 너를 흔들게 되는 날
그런 날이 너에게도 온다면

아득히 먼 곳에서
나를 한번 안아 주렴

## 8월에는 당신께
## 편지하고 싶어요

8월에는 당신께 편지하고 싶어요. 미안하다는 말이나 고맙다는 말 대신, 함께 바다에 가고 싶다는 말이나 플라타너스 그늘을 베고 누워 하루 종일 매미 소리를 듣고 싶다는 말을 적어서 말이에요. 8월의 생활은 왜 미뤄 둔 빨래 같기만 한지. 고요와 적막은 왜 감출수록 불어나는지. 알 길이 없지만 이제 손끝을 비켜 간 우리의 환희는 옥상에 널어 둔 이불을 덮고 곤히 잠이 들었어요. 어린 바람이 이불을 뒤적일 때마다 우리가 모르는 밤이 한 올 한 올 풀어져요. 희미해진 손금을 볼 때면 꼭 기침이 나올 것만 같고 가만히 손바닥으로 입술을 가리면 나는 흩어지는 구름 곁에도 눈물이 차올라요. 편식과 편견과 편집 사이에서 외줄 타며 청춘과 낭만을 모두 쓰고 있어요. 오늘은 또 어떤 안부를 쓰고 지워야 할지 골몰하다 문득 우리가 잃어버린 이름 없는 계절에 대해 떠올렸어요. 나도 당신도 아무런 악의는 없었겠지만 여름날의 진심은 늘 어지럽죠. 개미 떼가 벌의 사체를 운반할 때. 표정 없이 그걸 바라볼 때. 문득 몸서리

치게 될 때. 그런 일이 반복될 때. 그때쯤 아마도 우리는 차가운 물에 몸을 담가도 게워지지 않는 흔적이 있다는 것에 대해 반론하지 않겠죠. 봐요. 우리 침묵한 하늘 위로 벌써 여름이 희미해지고 있어요. 만약이라는 말을 덧쓰고 싶지만 이제 우리는 자신을 사랑하는 법에 더 익숙하니까. 사소한 호기심에조차 많은 걸 지불해야 한다는 걸 잘 아니까. 이따금 서녘에 노을이나 건네기로 해요. 이름 없는 별의 마음으로 밤의 커튼을 비추기로 해요.

# 그대 곁에

세상 어느 호수보다 너르고 깊은 마음으로
세상 어떤 별빛보다 다정하고 진실한 눈빛으로
풀어질 듯 나직하게 고개 숙이는 당신의 밤과
작고 은밀하게 번져 오는 그 모든 기척들에
하나하나 입 맞추며

여느 봄날에 흩어지는 꽃잎처럼
무명의 열구름 떠가고 이내 저물어
뒤척이는 기억 속 무릎 꿇은 밤안개처럼
그대라는 세상 끝 단 하나의 아침으로

그대 곁에
힘없이 잠들고 싶다

# 사랑의 다른 이름

만약, 사랑을 '사랑'이 아닌 다른 말로 불러야 한다면 무어라 부를 수 있을까? 나는 필히 '기다림'이라 부르겠다. 우리가 누군 가를 사랑하는 일은 끝없는 기다림의 연속이다. 사랑의 숭고함 은 기다림을 기초로 세워진다. 나의 마음이 타자에게 닿기까지 의 기다림, 타자의 마음이 나에게 닿기까지의 기다림. 손톱만 했던 감정의 씨앗이 하나의 숲을 완성하기까지의 기다림.

파스칼 키냐르의 장편 소설 「은밀한 생」에서 주인공 '나'는 이 렇게 말한다. "나는 그녀가 무엇을 느꼈는지 모른다. 나는 그녀 의 진짜 본성이 어떤 것인지 모른다. 한 여자를 소유한다 하더 라도 결국 아무것도 소유하지는 못하므로 내가 그녀를 소유한 적이 없다는 것을 나는 안다. 한 여자를 꿰뚫는다고 하더라도 아무것도 꿰뚫지 못한다. 내가 그녀를 품에 안았을 때 그녀를 이해하지 못했음을 나는 안다. 그러나 나는 그녀를 사랑했다."

마음과 마음이 하나의 길로 열리기까지의, 그리고 우리가 그 길 위에서 헤매기까지의, 기다림. 과연 이런 기다림이 얼마나 오래 지속될 것인지. 진실로 기다리면 열매를 맺기는 하는 것인지. 우리는 마치 자욱한 안개 속을 방황하는 어린아이처럼 사랑이라는 아득한, 그러나 분명한 언약에 대해서 서로의 눈동자만큼만을 확신할 수 있다.

주인공 '나'의 고백처럼, 어쩌면, 사랑이라는 것은 '닿아 있으나 닿을 수 없음', '품에 안았으나 무엇도 소유할 수 없음'을 점차 인정해가는 '인고의 시간'이 아닐까 싶다. 그러나, 이러한 시간을 겸허히 인정하고 받아들일 때 서로를 향한 우리의 머나먼 여정은 세상에 없던 계절을 우리의 일상 속으로 서서히 피어 올리기 시작할 것임이 분명하다.

# 여백의 미

동양화의 특징 중에는 '여백의 미'라는 것이 있다. 화폭의 모든 면을 채우지 않고 일부러 빈자리를 남겨 두는 것인데, 그곳에 그림을 초월하는 모든 것을 담아낼 수 있기 때문이라고 한다. 적당한 여백이 주는 무한한 아름다움, 이것은 인간관계에서도 통용되는 미학이 아닐까 싶다.

# 비와 당신

오늘처럼 비가 오면 생각나는 사람이 있어. 내가 모르는 내 마음 구석까지 빠짐없이 안아 주던 사람. 그 깊고 무구한 마음 차마 값을 엄두가 나지 않았던 사람. 말하지 않아도 언제나 내 마음을 알아주는 그를 마주할 때면 나는 왜 도리어 마음을 꽁꽁 감추고만 싶었는지. 보고 싶다는 말보다 '오늘은 특별한 약속이 없어.'라거나, '오늘따라 먹고 싶은 음식이 있네.'라는 말로 늘 나의 속마음을 에둘러 그에게 건네 놓고선 왜 혼자 토라지고 혼자 마음 썼는지. 그 시절의 모든 감정과 기억이 하얗게 바래지도록 막막한 시간이 우리를 지나쳐 갔음에도 어째서 내 가슴 한편에 새겨진 그의 따뜻한 온기만큼은 아직도 이토록 뭉툭하게 만져지는 건지.

그 사람, 참 좋은 사람이었다고 그런 생각이 들 때마다, 내가 참 못난 사람이었다는 뒤늦은 후회가 밀려와 지금이라도 모든 걸 고쳐 써 보고 싶은 마음이 들지만, 나는 여전히 비겁한 마음이라 그 사람의 곁이 아닌, 그 사람 기억의 곁을 잠시 홀로 맴돌다가 비가 그치면 아무 일도 없었다는 듯 눅눅해진 가슴을 햇살 아래 전부 던지고 일상으로 무심히 돌아가겠지.

오늘처럼 비가 오면 생각나는 사람이 있어. 생각만으로 온통 젖어 드는, 시절이 있어.

# 조금은 우습고,
# 조금은 어지러운

언제인가 너는,
난간 끝에 올라서서 흥얼거렸지
조금 유치했던 사랑 노래

기왕이면 낮이 좋겠지?
아무도 없는 섬에서

그냥 웃었다
초록 구름과 반짝이는 이빨들
그 사이로 네가 있고
처음 보는 저녁이 쏟아지고 있어서

가장 믿고 싶었던 시절이
가장 오래된 안부가 되었을 때
두 발로 안 되는 일이
네 발로도 안 된다는 걸 알았을 때
여름에 태어난 눈사람의 심장으로

서리진 골목마다 홀로 길 잃으며
발꿈치에 새로 자란 그림자를 잘랐다

서러운 만큼 어른이 되는 거라고
가슴에 멍든 부표를 띄우고
손발이 파랗게 질릴 때까지
마지막 별이 익사할 때까지
태워 버린 일기의 다음 장을 넘겨야 했다

사랑은 왜 코르크 마개로 밀봉해 둔
한때의 바람이나 숨결처럼
예쁘고 추악하고 소중한 건지
멜로디도 가사도 기억나지 않는
한 시절 너의 입가에 맴돌던 노래
그 노래처럼 좋은 날은 기척만 남아
꺼지지 않는 밤의 오선지를 가득 채운다

거기 몇 줄처럼 우리가 사랑했을까
사랑해서 이별했을까
밑줄 하나 긋기 위해서
너무 많은 문장을 포기한 건 아닐까

하늘에 닻을 내리고 잡은 손을 놓으면

유리 벽을 타고 거꾸로 흐르는 모래알
손톱달 입맞춤

새끼손가락 끝에 또 하나의 골목을 묶는다
헬륨 가스 들이킨 듯 가늘어지는 기억들
조금은 우습고 조금은
어지러운 이 밤

# 마지막 꽃 한 송이

전화가 울린다. 받지 않는다. 다시 전화가 울린다. 받지 않는다. 또 한 번 전화는 울리고 나는 또 한 번 전화를 받지 않는다. 떠난 사람과 남겨진 사람. 할 말이 없는 사람과 할 말이 남은 사람. 더 할 수 없는 마음과 더 할 수 있는 마음. 사랑은 볼 수도 들을 수도 만질 수도 없다. 사랑은 아무것도 아니다. 이별은 아무것도 아니었던 것이, 아무것도 아니었다는 사실을 다시한번 환기하는 일일 뿐이다. 그런데 왜, 왜, 자꾸만 눈물이 새어 나올까. 가슴에 박혀 있던 무언가 거대한 것이 빠져나가기라도 한 것처럼, 가슴은 이토록 텅 비어 있을까.

당신과 내가 하나의 이야기를 쓰고 있다고 믿었던 때가 있었다. 우리가 특별한 이야기일 거라고, 아니 어쩌면 기적의 한 조각일지도 모른다고 눈동자를 반짝이던 때가 있었다. 그러나, 그날의 믿음은 지금의 나를 너무도 아프게 한다. 아직, 사랑한다는 그 말은 심장을 한껏 찌그러트린다.

늦은 수업을 마치고 정문을 막 나설 때, 음성 사서함에 메시지가 남겨져 있는 것을 보았다. 당신은 울먹이는 목소리로 아무것도 할 수 없다고 말했다. 부탁이니, 한 번만 당신을 만나 달라고 말했다. 많이 아파 며칠째 한 끼도 먹지 못하고 있다는 말도 덧붙였다.

근처 죽집에 들러 전복죽을 샀다. 방울토마토 한 봉도 손에 들었다. 당신의 집 문이 열렸을 때, 당신은 문 앞에 서서 고장 난 벽장 시계의 표정으로 나를 바라보았다. 나는 당신의 기울어진 한쪽 어깨를 가볍게 두드리고 들어가 부엌에서 그릇 몇 개를 골라 죽과 반찬을 덜고 방울토마토를 씻었다. 차가운 물에 손끝이 붉게 물들었다. 식탁에 앉아 당신은 죽을, 나는 방울토마토를 삼켰다. 당신은 고개를 떨군 채, 이미 식어 있는 죽을 몇 번이고 휘저을 뿐이었다.

멈춰야 할 때를 지난 인연의 막판. 따뜻한 쌀밥 한 공기 같던 우리의 만남은 이제 낡고 짓물러 곤죽이 되었다. 그렇게 우리는 말 한마디 없이 표정과 손짓만으로 길고 길었던 이야기의 마지막 장을 닫고 있었다. 폐허로 변한 들판의 마지막 꽃 한 송이를 바라보고 있었다. 어디서, 어디서부터 잘못 쓰여졌던 걸까. 분명 문제는 우리에게 있었으나, 끝없는 새벽을 삼켜 봐도 해답은 이제 우리에게 없었다. 그렇기에 우리는 우리를 떠날 수 있었고, 반드시 떠나야만 했다.

고맙다는 당신의 말 앞에 나는 잘 지내라는 말을 가만히 내려놓았다. 무겁지도 후련하지도 않은 몸을 이끌고 어느새 어둑해진 거리를 홀로 되걸었다. 발끝 눌러앉은 내 그림자에 내딛는 발이 폭폭 빠졌다. 잠시 걸음을 멈추고 올려다본 하늘에서는 빛과 어둠이 화해하고 있었다.

다음 계절이 오고 있었다.

## 시절의 끝에는

가진 전부를 쏟았으나
끝끝내 초라해졌던 날들
그러나 모든 시절의 끝에는
결국 그런 순간만이 남아
기억의 정원을 빛낸다

# 그림자 짙은 저녁

가끔은 전화해도 괜찮을까. 이렇다 할 구실도 자격도 의미도 없지만, 그래도 괜찮을까. 그냥 오늘 하루 어떻게 지냈는지. 점심엔 무얼 먹었는지. 최근에 봤던 드라마나 점성술이 있는지. 낡고 차가운 지난 이야기 말고. 지난 이야기 틈에 갈피 끼워 둔 보랏빛 마음도 말고. 별거 아닌 이야기에서 별일 아닌 이야기로 점찍을 수 있는 그런 안부들로 가볍고 흐릿하게. 기대지 않고 기대하는 일도 없이. 가끔은 채 남은 그림자를 겹쳐도 괜찮을까. 멋없다는 것도 알고. 그저 욕심이라는 것도 잘 아는데. 사실은 어떤 말이 하고 싶어서가 아니라 어떤 말이라도 해 보고 싶었다는 그런 알량한 진심 같은 거 자라나게 절대 나를 내버려 두지 않을 테니까. 혼자라는 이유로 나를 미워하지 않게 될 때까지만. 이 밤이 조금 옅어질 그때까지만. 가끔, 전화해도 괜찮을까.

# 그 겨울 밤하늘

한때, 애니메이션 영화에 푹 빠져 지냈다. 나는 아무리 감동적인 영화를 보아도 이미 영화 자체가 허구라는 것을 인지하고 있기 때문인지 실제 사람이 등장하는 실사 영화에는 감정이 크게 이입되지 않았는데, 이상하게도 애니메이션 영화를 볼 때면 감정을 온전히 이입할 수 있었다. 차라리 대놓고 모든 것이 허구라는 사실에 마음이 놓였는지도 모르겠다.

하루는 월트 디즈니에서 제작한 「주토피아」라는 애니메이션 영화를 심야로 보게 되었다. 누구나 살고 싶은 도시인 주토피아를 배경으로 펼쳐지는 추리극 우화였는데, 토끼 경찰관 '주디 홉스'와, 여우 사기꾼 '닉 와일드'가 주연으로 등장했다. 뭐, 설정 자체는 단순했다. 주디는 언제나 긍정적이고 쾌활한 이상주의자였지만, 닉은 언제나 부정적이고 냉소적인 현실주의자였다.

"자책하지 마, 마지막으로 들어왔대도 최선을 다한 거야."라고 말하는 주디의 가슴 속은 언제나 동심으로 가득했지만, "인생은 뮤지컬과 달라, 노래 좀 부른다고 꿈이 이루어지지 않지!"
라고 말하는 닉의 가슴 속은 늘 상처로 짓물러 있었다. 마치,
물과 기름처럼 서로 정반대였던 두 주인공이 주토피아에서 발
생하는 실종 사건을 해결하며 점차 서로를 이해하고 서로의 마
음에 위로가 되어 가는 과정을 그린 밝고 유쾌한 애니메이션이
었다.

영화관을 나오자 시간은 자정을 훌쩍 지나 집으로 향하는
길목마다 가벼운 안개가 낮게 드리워 있었다. 얼마쯤 걸었을까.
문득, 멀리서 들려오는 경적에 무심코 뒤를 돌아보다, 절반이
통째로 비워진 듯한 새벽 전경에 덜컥 당신을 떠올려 버렸다.

바다보다 갈대숲을 더 좋아했던 사람. 밥보다 떡볶이를 더,
집보다 여행을 더, 익숙한 것보다 새로운 것을 더 좋아했던 사
람. 성격, 가치관, 식성, 옷 스타일을 비롯해 생활 방식까지 어쩌
면 이 세상에서 나와 가장 달랐을 한 사람. 항상 모든 순간을
두 손에 쥐려 했던 당신과, 모든 순간을 흘러가는 시간 속에 맡
기려 했던 나. 그래, 그랬었지. 출렁이는 가로등 불빛 사이로 번
지는 기억을 하나둘 던져 보다 불쑥, 귓불이 달아올랐다.

그때는 왜 그랬을까. 나를 이해하지 못한다는 이유로, 당신
을 이해할 수 없다는 이유로 왜 우리는 그토록 서로를 미워하
고 밀어냈을까. 지쳐 울던 마음과 그 많던 밤을 이내 모른 척

등 돌렸을까. 상처 난 자리가 무르고 물러 새까만 새벽이 새어 나오도록 서로의 가장 환한 한때를 잘라 내고 도망치듯 떠나 갔을까. 가깝고 먼 시절에 영영 버려두었을까. 다르다는 이유로 서로에게 이끌렸던 날들이 우리에게도 있다는 것을, 다르기 때문에 더더욱 우리가 우리로 머물러야 했다는 것을 누구보다 잘 알던 우리였는데.

그제야 아쉬운 마음이 들었다. 그제서야, 무언가 단단히 엇갈렸다는 겨우 그런 생각이 들었다. 새벽하늘을 너무 깊이 들여다본 탓이라고, 말도 안 되는 허구에 덜컥 마음을 내려놓은 탓이라고 중얼거려 봐도, 주문을 걸어 봐도. 차곡차곡 불어나 그 겨울 밤하늘을 절반만큼만 수놓던 당신의 조각들.

# 밤의 수조

어느덧 여기까지 와 버렸다
그칠 것 같았던 비는 저녁이 오자
내가 버린 사람의 얼굴이 되었다
침묵과 추락과 추함 사이에서
머리를 처박고 숨을 참았다
숨을 오래 참다 보면
이유 없이 눈물이 날 것 같고
오해를 포기할 수 있을 것 같고
모든 걸 설명할 수 있을 것 같았다

혼자 먹는 밥이 익숙해질 때쯤
믿을 수 있는 것들이 슬퍼졌다
여기서부터 사랑이라고 했다

# 어떻게 그렇게
# 아플 수 있을까

어릴 적, 불법 노점상 아저씨에게 천 원을 주고 데려왔던 병아리 삐삐가 일주일을 못 넘기고 내 곁을 떠났을 때, 빨간 고무대야에 주먹돌로 집을 만들어 주었던 초록 페닌슐라쿠터를 잊어야 했을 때, 학교를 땡땡이치고 해가 저물 때까지 놀이터에서 모래성을 짓고 놀아도 혼나지 않았을 때, 몇 달이 지나도록 신발장 속 아빠의 구두가 거기 그대로 놓여 있었을 때, 열을 세고 뒤돌아도 혼자였을 때, 커피숍에 홀로 앉아 식어가는 두 개의 커피잔을 바라보았을 때, 나는 울었다. 그리고 그때마다 어른이 되어 갔다.

영혼과 영혼이 만날 때 마음과 마음 사이에는 이따금 새로 길이 난다. 하늘 아래 새로 하늘이 열리고, 계절 속에 새로 계절이 피어난다. 내가 당신을 처음 알게 되었을 때, 나는 자주 길을 헤매는 소년이 되곤 했다. 한밤에 한낮을 걷기도 했고, 혹독한 빗속에서 봄날의 햇살을 맞기도 했으며, 쓸모없었던 것들이 가슴 깊숙한 데서 가만히 봉오리를 밀어 올리고 있음을 비로소 실감하기도 했다. 나를 오래 감싸 쥐었던 내 생의 모든 비극이, 당신을 내 곁으로 데려오기 위해서 쓰여졌음을 믿어 의심치 않았다. 그러나, 당신이 나의 연락을 피했을 때, 당신의 지워진 지난밤을 당신이 기억하지 않으려 애쓰고 있다는 것을 알았을 때, 다만 진실을 바라는 내 눈을 당신이 바로 볼 수 없다는 것을 알았을 때, 당신이 나에게 어떠한 대답도 줄 수 없다는 것을 알았을 때, 당신의 손에 다른 이의 온기가 배어 있다는 것을 알았을 때 나는 깨달았다. 당신이 나의 비극이었음을, 오직 당신만이 나의 비극이었음을.

시간이 흐르고 홀로 그림자를 마주 보는 일에도 제법 익숙해져 갈 때쯤, 떠나간 당신의 지난여름으로부터 편지 한 통이 도착했다. 에메랄드빛 바다와 하얀 모래사장 그리고 빨간 우체통이 새겨진 작은 엽서, 아마도 편지를 적어 보내면 일 년이 지난 뒤에 발송해 주는 엽서였나. 바다에 와서 너무 좋다는 말과 이다음엔 반드시 함께 오고 싶다는 그런 반짝이는 언어들로 엽서는 빼곡히 빛나고 있었다. 물론, 영원히 사랑하겠다는 명랑한 약속도 함께.

불과 몇 계절 전만 해도 우연히 오늘과 비슷한 순간을 마주하게 된다면 차마 심장이 바스러져 죽어 버릴 줄로 알았는데,

이상하게도 아무런 감정이 느껴지지 않았다. 어떻게 그렇게 아플 수 있을까. 마음 벽이 겨를 없이 허물어지던 그 많은 밤들이 우스울 만큼, 이제 내 가슴에는 일말의 파도조차 일지 않았다. 나는 내 생각보다 훨씬 더 강인한 마음을 지니고 있었다. 어느 날 문득 어둑해져 오는 하늘에서조차 내가 영영 당신의 조각을 찾아 헤매지 않길 바라는 마음으로 너무 늦어 버린 당신의 엽서를, 우리의 마지막 조각을 찢었다. 그러자 비로소 가슴에서 무언가 뭉텅, 잘려나가는 듯한 비릿한 기분이 들었다.

그날의 나는 너무 많은 우연을 필연이라 믿었고, 그 대가로 너무 많은 슬픔을 얻었으며, 그러한 슬픔에 허우적대는 못난 나 자신과, 못난 당신을 참 많이도 미워했다. 그러나 내가 당신의 기억들로 두 발이 묶인 채 바다 깊숙이 침몰하는 순간에도 시간은 멈추지 않고 노를 저어 다음 계절로 나를 실어 갔고 완전히 죽어진 나는 어느덧 당신이라는 바다에서 자유롭게 숨 쉬고 유영하며 조금씩 내 마음의 깊이를 배워갔다.

무의미한 것들에게서 의미를 캐묻지 않는 오늘, 나는 이제 안다. 그때 내가 당신을 앞에 두고 마주한 모든 우연이, 그저 우연이었음을. 그렇게 내 버려진 세상에 단 한 번도 버려진 적 없는 세계가 눈부시게 움트고 있었음을.

# 혹시나 하는 마음

혹시나 하는 마음에서였다. 창밖을 오래 바라보는 버릇이 생겼던 것. 약속도 없이 한껏 차려입고 거리로 나섰던 것. 좋아하지도 싫어하지도 않는 메뉴만 걸려 있는 그 식당에 들러 이따금 끼니를 때우고자 했던 것. 나조차도 이해할 수 없는 문장을 나의 어딘가에 실었던 것. 태연한 인사말을 혼자서 되뇌었던 것. 마음에도 없는 무탈한 웃음을 실수했던 것. 두 사람이 꼭 맞는 자리에 홀로 앉는 일을 고집했던 것. 그런 시간을 견디고자 했던 것. 자주 쓸쓸해졌던 것. 그러다 가끔 울었던 것. 전부.

# 예감

　우리는 3년이 지나서야 구실 없이도 서로를 마주한 채 꽤 오랜 시간을 앉아 있을 수 있게 되었고. 네 손톱에 발린 투명한 매니큐어를 보았을 땐 이따금 밤이면 조용히 흘겨 울던 네가 이젠 특별한 날이 아니어도 누군가를 위해 도시락 정도는 싸줄 수 있는 사람이 되었다는 생각이 들었다. 결국 졸업식에는 가지 못했다는 것. 한국에 돌아와서는 항공사를 목표로 하고 있다는 것. 이른 오전부터 늦은 오후까지 빽빽한 스케줄을 소화하고 있다는 것과 같은 너의 대답에 나는 적당한 코멘트를 달아 줄 수 있었고. 너는 적당하게 웃어 줄 수 있었다. 그러나 아무리 일상에 초점을 맞추어도 거듭 지난날의 특정한 순간들로 회귀하는 우리 대화의 오류가 다소 멋쩍었는지 나는 컵에 꽂힌 스트로우를 무의식적으로 자꾸 구부러뜨렸다. 그러다 불쑥, 웃음이 났다. 너는 갸우뚱 머리를 기울이며 나를 보았고, 나는 우리를 보았다.

# 기일

시간도 버리고 간 시간 속에서
오늘도 달력에 가위표를 치고
너덜한 가슴을 뜯는다

한 시절 다 주고도
겹친 자리 손바닥 한 줌뿐
더듬고 더듬다 입을 막았을까

시간은 속절없이 떠나가는데
나는 왜 달력에도 없는 날을 위해
이토록 두 손을 모으는 걸까

## 의미

이제는 조금 알 것도 같다

문득 잘 지내냐고 묻던 너의 그 말이

네가 잘 지내지 못한다는 의미였다는 거

언제 한 번 바다에나 가고 싶다던 그 말이

네가 길을 헤매고 있다는 의미였다는 거

요즘 들어 잠을 자주 설친다던 그 말이

네가 행복을 간절히 바라고 있다는

의미였다는 거

# 그럴 수 없는 오늘

처음, 언어가 마음을 숨기는 수단이 될 수도 있겠다고 생각
했을 때. 우리는 차창 밖 번지는 노을에 서로 다른 하늘을 밀
어 넣었다. 어쩌다 눈이 내리고. 그럴 수 있는 일이 견딜 수 없
는 일이 되었을 때. 나는 가지 않았고 너는 오지 않았다. 꼭 네
키만큼 내려앉던 그 거리 담장들의 뒷모습이 내 키만큼 길어지
고 나서야 꽃이 폈다. 꽃이 피고 견딜 수 있는 일은 그럴 수 없
는 일이 되었다. 문득 너의 하늘을 본 것만 같은 오늘. 소식 없
는 그 노을 아래 내가 종종 망설이다 되돌아갔노라는 고백 대
신. 열리는 밤 어귀로 때 이른 별 하나 그려 본다.

고마웠다고, 말해 본다.

# 당신이라서

당신은 소중하다
창가에 앉아 한숨을 내쉴 때도
나 홀로 늦은 저녁밥을 먹을 때도
온종일 전화벨이 울리지 않을 때도
왈칵 이유 모를 설움이 차오를 때도
가슴 한편 끝내 풀리지 않는 매듭이
자꾸 숨을 졸라 삶이 어지러울 때도
매일 밤 길을 잃고 잠을 잃을 때도
당신은 소중하다 당신이라서
소중하다

# 돌무더기

당신은 가슴에 돌무더기를 쌓는다. 돌무더기 속 돌들은 하나하나가 움켜쥔 주먹처럼 생겼다. 당신은 아침잠을 말아 올리면서, 어쩔 수 없는 저녁들을 풀어놓으면서, 밥숟가락을 들면서, 고개를 돌리면서, 웃으면서, 모르는 사람을 바라보면서, 모를 수 없는 사람을 외면하면서, 두근거리는 돌을 가슴에 질끈질끈 쌓아놓는다. 돌의 무게는 제각각이지만, 돌은 돌이어서 몸을 움직일 때마다 차갑고 마른 소리를 내며 덜그럭거린다. 이따금 돌은 굴러떨어지기도 해서 떨어진 돌을 주워 다시 쌓아 올릴 때면. 어쩐지, 할 수 없음이 아니라 할 수 있음을 고려하는 것이라고 큰소리 내고 싶어지는 순간들이 찾아오기도 하고. 그럴 때면 가슴 깊은 곳에서부터 열기가 치밀어 후-, 숨을 크게 한 번 내뱉게 되는데. 이때는 돌무더기 속 돌 하나가, 주먹 하나가 깨진 것이다.

# 어느 곳에서라도

애정하던 카페가 문을 닫는다고 한다.

이곳에 처음 왔던 게 언제였더라. 봄이었나, 겨울이었나. 아니, 봄이어도 겨울이었겠다. 따뜻한 주광조명이 흐르는 작고 빈티지한 카페. 정면 책장에는 여러 시집과 책들이 꽂혀있고 다른 한편에는 사장님께서 손수 제작했다는 머그잔, 그릇, 공책 같은 양품들이 있었다.

무엇보다 기억에 남는 건, 카페 벽면에 '빈 잔은 채워지기를, 노래는 불려지기를, 편지는 전해지기를'이라는 「파도가 바다의 일이라면(김연수 저)」에 등장하는 한 문장이 적혀 있었다는 거. 집에서 이토록 가까운 곳에 이런 멋진 카페가 있었다니. 대화 잘 통하는 동네 친구를 새로 사귀게 된 것처럼 자연스레 이곳을 찾는 날이 많아졌다.

나에게 좋은 기운과 영감을 기꺼이 허락해 주었던 곳, 외진 골목에 있는데 커피값까지 저렴해 혹시 오늘과 같은 날이 오지는 않을까 이따금 홀로 걱정하기도 했던 곳. 「그런 사랑을 해요」의 원고 작업과 「시든 꽃에 물을 주듯」 작사 작업도 대부분 이곳에서 이루어졌기에 유달리 이곳엔 많은 정이 머문다.

마지막으로 커피 한 잔 테이크 아웃하러 들렀다가, 아쉬운 마음에 서재에 남겨진 책이라도 한 권 사갈까 싶어 책장을 둘러본다. 그러자, 사장님께서 책 한 권 선물하겠다며 아무거나 한 권 골라 보라 말씀하신다. 괜찮다 말해도 한사코 선물하겠다고 말씀하시기에 아무 생각 없이 책장에서 바로 손 닿는 책 하날 집어 드는데, 이런 우연이 또 있을까? 책 뒷면에 포스트잇 한 장이 붙어 있고, 거기에 내 이름과 짧은 편지가 적혀 있다.

알고 보니, 오래전에 도서 셀렉터인 사장님의 아내 분께서 젊은 작가가 이곳에 자주 온다는 이야기를 듣고 진작 나에게 선물하려고 이 책을 가져다 놓았었는데, 사장님께서 그만 깜빡하고 책장에 꽂아 두었던 책이라고 한다. 문득, '일어날 일은 어떻게든 일어난다.'는 오래된 문장이 가슴 속에 울려 퍼진다. 그렇게 막연한 감사와 인사를 건네고 카페를 나오는데 마음 귀퉁이가 불에 덴 듯, 울컥울컥 괜히 미안하고 흔들리는 이 기분은 뭘까. 가만히 고개를 돌려 어둑한 불빛이 새어 나오는 카페 안을 다시 한번 바라보며 눈을 감아 본다.

좋은 모습으로 다시 만나요.

이곳이 아니더라도, 어느 곳에서라도….

# 발 아래 옅은 그림자

고등학교 2학년 겨울 방학이 다가올 즈음, 인근 여학교에 다니는 한 아이를 소개받게 되었다. 우리는 시내에 있는 한 패스트푸드점에서 처음 만났는데, 그 애는 뭔가 달랐다. 천장의 심심한 주광색 조명마저도 그 아이의 머리칼에 닿으면 근사하게 일렁이는 것이. 이럴 수가, 내 나이 열여덟 사랑에 빠져 버렸다. 사랑을 말할 때 '빠진다'는 표현을 쓰는 이유를 그때 처음 알았다. 발이 닿지 않는 물속에서, 올라타 있던 튜브를 누군가 등 뒤에서 뒤집어 버린 것처럼 내 첫 번째 사랑은 시작됐다.

우리는 한 달가량 연락을 이어 갔고 자연스레 사귀는 사이로 발전했다. 그렇게 5년이란 시간 동안 만남과 헤어짐을 반복하며 우리는 치열하게 서로의 가슴을 낙서했다. 그리고, 그 애의 늦은 생일을 챙겨 주었던 어느 겨울. 버스 정류장에서 아무 말 없이 서로를 향해 건넨 짧은 손 인사는 우리의 마지막 장면이 되어 주었다.

후회도, 미련도, 허무함도, 쓸쓸함도 없이 홀로 밤거리를 거닐 때면 하늘은 자주 높고 낮아졌다. 이럴 리가 없는데, 반송된 편지를 몰아 읽은 듯한 기분조차도 들지 않았다. 그저, 내 안과 바깥의 모든 것이 어디론가 흘러가고 흘러가고 하염없이 흘러가고만 있다는 생각이 들 뿐.

얼마 후, 나는 휴학 중이었던 대학교에 복학했고, 평일 저녁엔 아르바이트를 했다. 아르바이트에 나가지 않는 주말이 오면 번번한 취미 하나쯤 가지고 싶다는 생각이 자주 들었다. 그러다 언제인가 길거리에서 우연히 스케이트보드를 타는 외국인들을 봤는데, 이상하게도 그날 후로 스케이트보드 바퀴가 굴러가는 소리, 그러니까, 삽으로 시멘트 바닥을 긁는 듯한 그 까끌까끌한 소리가 귓가에 자꾸 맴돌았다.

생활비를 쪼개 중고 장터에서 스케이트보드를 샀다. 지하철로 왕복 4시간 거리인 동두천까지 직접 가서 스케이트보드를 팔춤에 끼고 돌아왔는데 하필이면 이날 전국적으로 폭설이 내렸다. 어서 빨리 바닥에 삽 긁는 그 소리를 듣고 싶었던 나는, 동네를 배회하다가 문득, 구청 쪽 길목에 있는 지하도가 떠올라 그곳으로 걸음을 옮겼다. 지하도 입구에 도착해 계단을 내려가는데, 안쪽에서 흑인 음악 소리가 크게 들려왔다. 가서 보니, 나와 비슷한 나이대로 보이는 젊은 남녀가 이미 그곳에서 스케이트보드를 타고 있었다. 옷차림은 사나워 보이는데 어쩐지 위협적으로 느껴지지는 않아서 그들과 멀찍이 떨어진 한쪽 구석에서 홀로 스케이트보드를 탔다. 솔직히 말하자면, 내 모습은 타는 시늉에 더 가까웠다. 그런 내가 안쓰러워 보였는지 그들은 나에게 먼저 말을 걸어왔고 내 스탠스가 구피인지, 레귤러인지를 알려 주는 것으로 시작해 타는 자세, 탈 때 유의해야 할 점, 넘어질 때 덜 다치는 방법까지 친절히 설명해 줬다.

이후에 알게 되었는데, 그들은 성남을 거점으로 활동하는 스케이트보드 동호회 회원들이었고, 최근 들어서 잦은 눈비가 내린 탓에 활동할 만한 장소를 물색하다가 그 지하도를 발견해 며칠 전부터 그곳에서 모임을 가져왔다고 한다. 그래서 스케이트보드를 들고 등장한 내가 모임 공지를 보고 찾아온 신규 회원인 줄 알았다고. 어쨌든, 나는 그날부로 스케이트보드 동호회 소속이 되었다.

학교를 마치고 아르바이트가 없는 날이면 어김없이 모임에 나갔다. 모임 장소는 주로 지하도나 시청 앞 넓은 광장이었는데, 날 좋은 저녁이면 다 함께 탄천, 뚝섬, 팔당 근처로 크루징도 갔다. 평소 숫기가 없어 낯을 잘 가리던 내가, 스케이트보드가 아니었으면 평생 일면식조차 없었을지 모르는 낯선 사람들과도 잘 어울릴 수 있다니.

그러니까, 아마도 그때쯤이었던 것 같다. 내가 가진 외로움을 더 이상 사랑으로 채우려 하지 않았던 거. 내 어두운 면을 누군가에게 덜어냄으로써 나를 밝히려 하지 않았던 거. 그만하면 충분했다고 나에게 말해 줄 수 있었던 거. 돌아보면, 사랑을 알게 된 후로 나는 줄곧 사랑을 잃을까 두려워 전전긍긍했다. 그리고 나의 이런 불안함과 초조함을 오로지 그 사람만이 채워 줄 수 있을 거라 여겼다. 그 결과, 나는 사랑을 잃었다. 맞잡은 손이 뜨거워질수록, 그 사람의 두 눈에 그려진 내가 선명해질수록, 내 외로움도 깊어갔다. 구멍 난 제 가슴은 못 보고 열심히 물 부어주는 사람만 나무랐던 것이다. 오랜 날 내 옆에 앉아 채워도 채워도 자꾸만 바닥나는 마음을 끌어안고 잠들었을 이의 마음은 얼마나 힘겨웠을까. 얼마나 외롭고 지쳤을까. 어쩌면, 네가 오지 않아서 너를 기다려야 했던 것이 아니라, 내가 기다려서 네가 올 수 없던 것인지도 모르겠다.

분명, 사랑은 외로움을 달래줄 수 있다. 하지만, 오직 사랑만이 외로움을 달랠 수 있다고 여기는 마음이 있다면, 그 마음은 절대로 사랑 안에서 풍요로워질 수 없다. 자신의 외로움을 스스로 견딜 수 있을 때, 사랑하지 않음을 외로움의 이유 삼지 않을 때, 공연히 오지 않는 마음을 기다리지 않을 때. 우리는 마주할 수 있다.

외로움은 낭떠러지가 아니라 발아래 옅은 그림자처럼 그저
나의 일부일 뿐이었다는 사실을.

# 요즘은 왜

이러다간 눈이 내릴 것 같은데
지독하게 여름을 걷고 있어

햇살에 눈이 멀 것 같은데
튼 새벽을 만지고 있어

미친 게 아니야
이렇게 아무렇지 않으니까

이제는
아무것도 아니니까

많아서 가난해지는 건
그리움뿐일 거래

잘 지낸다는 말이
잘 살고 있다는 말은 아닐 거래

언젠가 한 번쯤 마주치길 빌었다는 말
사실, 하루도 잊은 적 없다는 말일 거래

네가 아니어도 낙엽은 지고
네가 아니어도 첫눈은 내리고
네가 아니어도 나는 잘 웃었는데
요즘은 왜,

"행복해?"

누가 물으면
덜컥 네 생각이 나는 걸까

# 설명할 수 없는

설명할 수 없을 때가 있다. 된장찌개가 먹고 싶어 들어간 가게에서 김치찌개를 주문한다거나, 바다가 보고 싶어 떠난 곳에서 종일 숲길을 거닐다 돌아온다거나, 딸기를 사러 들른 마트에서 달랑 섬유 유연제만 사 온다거나, 혼자만의 시간이 절실하다고 여기면서도 이른 저녁이면 여기저기 전화를 넣어 급히 약속을 잡는다거나, 나를 그토록 아프게 했던 당신에게 또다시 달려가고 있는 내 모습이나.

# 사랑에 빠지는 일

있지. 나는 사랑에 빠지는 일이 꼭 소독차를 쫓아다니는 일과 똑같다는 생각이 들어. 어릴 적에 종종 보이던 그 소독차 말이야.

하얀 뭉게구름을 연신 토해내는 소독차가 신기해서 등판이 땀에 흠뻑 젖을 때까지 소리 지르며 쫓아다니게 되잖아 그거. 그러다 보면 의도치 않게 낯선 동네까지 가 버려서 길을 잃기도 하고, 학원을 빼먹어서 엄마한테 혼나기도 하고, 무릎이나 팔꿈치에 출처 모를 크고 작은 상처를 안고 돌아와 승리의 징표처럼 친구들에게 자랑하기도 하잖아. 마치, 하얀 수은등에 쉴 새 없이 이마를 들이미는 불나방처럼, 아무 이유 없이, 의미 없이.

진짜 멋지지 않아? 조건 없이 웃을 수 있다는 거. 길 잃는 것쯤 대수롭지 않게 여길 수 있다는 거. 다치고도 자랑할 수 있다는 거. 행동이 생각보다 우위에 설 수 있다는 거. 그게 몸에 해롭든 말든. 나를 다치게 하든 말든. 그저 눈앞에서 끝없이 피어오르고 흩어지는 흰 연기를 마시며 단 한 번도 앞서지 않고 기꺼이 온 동네를 누볐던 일. 그래, 그땐 누구라도 그렇게 할 수밖에 없었을 거야. 그리고 여기엔 어떤 목적이나 구실도 들이밀 수 없지. 애초에 이해할 필요가 없는 일이었으니까.

마찬가지 아니었을까. 가슴에 멍이 들고, 새벽을 헤매면서도 순간을 영원이라 믿으며 진실히 웃을 수 있었던 건, 다른 무엇이 아닌 그게 사랑이었기 때문이라고. 오롯이, 사랑에 빠져있었기 때문에 가능한 일이었다고 말이야.

# 에필로그도 별책부록도
## 아닌 이야기

　기억 속 그날은 아마도 겨울, 빨갛게 물든 두 뺨에 스치는 찬바람이 너무도 따끔한데 마음은 어쩐지 봄을 예감했던 밤. 버스 정류장에 홀로 앉은 내 손에는 오래 눌러 쓴 편지 한 통과 연분홍 도화지로 서툴게 포장한 보세 재킷이 들려 있고, 공항버스는 예정된 도착 시간보다 늦어지고 있었지만, 네가 온다는 사실만으로도 나는 이미 너를 볼 수 있었기에 마음의 온도는 더할 나위 없이 따사로웠던.

　"오랜만이야."라는 말 대신, "배 많이 고팠지?"라는 말이 먼저 달려 나오는 사이. 익숙한 발걸음 맞춰 걸으며 오랜 타지 생활로 그리웠을 네 최애 음식만 줄줄 읊어 대고 있는 이런 내가 미련한 것 같으면서도 한편으로는 자랑스러운 기분이 들고. 어렵지 않게 고른 메뉴는 '엽기'라는 이름이 들어갈 정도로 매운 떡볶이. 먹고 싶어서 정말 죽는 줄 알았다며 테이블에 앉아 발 동동 구르며 젓가락부터 오물거리고 있는 그 모습은 내가 홀로 간직해 오던 별 하나를 매초마다 죽이고 살리는데 그걸 아는지 모르는지 한껏 들뜬 표정으로 오독오독 단무지만 깨무는 너.

사실, 우리에게는 다음 이야기가 존재할 리 없었지. 나는 보이지 않는 내일을 믿었지만, 너는 보이지 않는 건 믿지 않았으니까. 나는 다쳐도 사랑이라고 외쳤지만, 너는 다치는 건 사랑이 아니라고 말했으니까. 끝을 인정할 수 없대도 어느 한 사람이 끝나면, 사랑은 반드시 끝이 난다. 이미 오래전 기승전결을 다 끝낸 사랑. 그런데, 그랬던 우리가 지금 이렇게 마주 보고 앉아있다. 에필로그도 별책부록도 아닌 이야기를 써 내려 가고 있다. 우리는 뭘까, 우리는 뭘까. 마음속 파도는 한 장씩 넘어가는데, 우리가 뭐든, 우리가 뭘 하든. 상관없을 것만 같던 그날 밤.

# 제2장

# 시가 된 날들

# 시가 될 수 있을까

나의 세상도 시가 될 수 있을까
내가 보는 풀꽃의 수줍은 인사도
내가 듣는 나무의 사소한 뒤척임도
내가 느끼는 바람의 따뜻한 여행도

모두
시가 될 수 있을까

낮은 곳의 감정으로
상한 마음 하나
보다 따스하게
그래 포근하게
한껏 끌어안고 날아갈 수 있을까

시가 되고 싶다
이 세상의 시가 되고 싶다

날 좋은 고요한 밤
눅눅한 골목 어귀 사유 없이 거닐기만 해도
어린 불빛 서리서리 다독이는
세상 포근한 기척이 되고 싶다

# 이름 하나 갖는 일

스무 살 초 치매 노인센터에서 근무한 적이 있다.

당시 나는 어설픈 문하생답게 윤동주나 릴케의 시집을 팔
춤에 끼고 '삶이란 무엇인가?'와 같은 인간 실존에 관한 질문들
을 주머니 속에서 만지작거리며 홀로 골몰하는 날이 많았다. 그
런데, 이곳 병동엔 그런 질문에 대한 대답이 너무도 많았다. 아
니, 엄밀히 말하자면, 죽음이 많았다.

병동에 계신 어르신들 대부분이 고령에 기저질환까지 갖고
있어 특별한 징후나 예고 없이 돌아가시는 경우가 많았는데, 평
소 보이던 어르신이 문득 다음 날 보이지 않으면 나는 사회복지
사나 요양보호사에게 어르신의 행방을 묻기보단 가만히 외출기
록부를 확인했다. 만약, 외출기록부에도 이름이 적혀 있지 않
다면 어르신은 지난밤 중에 유명을 달리하신 것이었다. 수십 년
인생의 말로가 이렇게 아무것도 아니라니. 입실 명단에서 화이
트 마커로 한 줄 죽 그어 이름을 지우는 것으로 소리소문없이

끝나버리는 생.

삶이라는 명제 앞에 무언가 대단한 것을 기대하는 어린 양에게 세상은, 삶은 그저 덧없고 초라한 먼지 같은 것일 뿐이라고 담담히 죽음을 나열해줄 뿐이었다. 그런 이유에서인지 나도 모르는 사이 깊은 우울감에 사로잡혔다. 열심히 살아서 뭐 하지?, 성공해서 뭐하지?, 꿈을 이뤄서 뭐하지?, 어차피 허무하게 죽고 말 텐데 이게 다 무슨 의미가 있지? 사는 일이 무의미하게 느껴졌고, 오월의 햇살조차도 손등에서 시시하게 까끌거렸다.

그러던 어느 오후, 정장 차림의 한 중년 남성이 병동을 찾아왔다. 대게 병동 어르신들의 면회는 찾아오는 가족·친지들만 계속 찾아오기 때문에 면회자의 얼굴이 익숙한데, 그 남성은 내가 그곳에서 근무한 이래로 처음 보는 얼굴이었다. 나는 그가 찾는 어르신의 성함을 묻고 간단한 방명록을 작성한 뒤, 어르신을 모시고 올 테니 면회실에서 잠시 기다려 달라고 말했다.

그 남성이 찾아온 어르신은 흰 머리와 흰 수염이 트레이드 마크였던 남성적인 외모의 어르신인데, 뇌졸중과 치매로 하반신 마비와 인지·지각 능력 상실을 앓고 있어 언제나 휠체어에 앉아 계셨고, 재활 프로그램과 식사 시간을 제외하면 시간 대부분을 병동 중앙홀에서 TV를 시청하며 보내셨다(사실, 'TV를 본다'라는 느낌보다는, 'TV를 향해 넋을 놓고 있다'라는 느낌이

들 때가 더 많았다).

　나는 어르신을 모시고 남성이 있는 면회실로 들어갔다. 그 남성은 어르신을 보자마자 자신의 얼굴을 두 손으로 감싸 쥐며 눈물을 흘렸다. 그러곤, 가만히 어르신의 손을 잡으며 죄송하다는 말을 되뇌었다. 그런 그가 신기하다는 듯 어르신은 호기심 가득한 눈으로 그를 멀뚱히 바라볼 뿐이었다. 북받친 감정을 조금 추슬렀는지 어르신 뒤에 서서 시선을 어디에 두어야 할지 몰라 하는 나에게 그는 자신이 어르신의 제자라고 말했다.

　삼십여 년 전, 자신의 선생님이었던 어르신의 가르침과 도움으로 어긋난 길을 걷지 않고 대학에도 진학할 수 있었으며, 지금은 미국에서 가정도 꾸리고 작은 회사를 운영하고 있다고 말해주었다. 오래전부터 한국에 들를 때마다 꼭 한 번 찾아뵙고자 마음먹었었는데 그게 늦어져 찾아뵙기까지 십 년이 더 지나 버렸다고.

　엄격하지만, 누구보다 따뜻했던 선생님은 이제 세월이라는 거대한 운명의 추 앞에 교단을 잊고, 아이들을 잊고, 자신마저도 잊어가고 있었다. 태산처럼 커 보이던 어깨는 어느덧 낡고 쇠해 깃털처럼 가벼워져 버렸지만, 지난날 그가 자신의 숲에 품었던 작은 씨앗은 훌쩍 자라 또 하나의 숲이 되어 그를 간직하고 있었던 것이다.

이날 처음으로 알았다. 삶이라는 것은 덧없는 세상 속에 이름 하나 갖는 일이라는 것을. 누군가에게는 선생으로, 누군가에게는 제자로, 부모로, 자식으로, 남편으로, 아내로, 친구로, 이웃으로, 사랑으로, 우정으로, 기쁨으로, 추억으로, 그렇게 서로의 가슴에 작은 기적이 되고, 바람이 되어, 결국 하나의 소중한 조각으로 이름 불리는 것. 그것이 삶일 것이라고. 엄숙한 세월 앞에서 찬란했던 모든 날이 저물면 나도 당신도 그지없이 낡고 바래가겠지만, 서로가 서로의 이름을 불러주었던 그 시절 우리의 목소리는 저마다의 가슴 속에서 영원히 울려 퍼질 것이다. 내가 나를 잊고, 당신이 당신을 잊고, 우리가 우리를 잊는다고 할지라도. 비록, 먼지가 될지라도.

## 당신이라는 세상

바람이 불어오는 곳에 푸른 들판이 있고
찬비가 내리는 곳에 다음 계절이 있고
눈물이 차오르는 곳에 사랑이 있고
사랑이 머무는 곳에 세상이 있다

# 산은 아무것도
# 주지 않았다

꽃샘추위가 한창이던 아홉수 어느 봄날엔 가슴 한 구석으로 산바람이 불어든 적이 있다. 짧지도 길지도 않은 서른 해 살이를 돌아보면, 그간 바다에 가고 싶었던 적은 열 손가락 모두 접어도 턱없이 부족한데, 산에 가고 싶은 마음에 사로잡힌 것은 도무지 이번이 처음이었다. 처음인 만큼 나는 우리나라에서 가장 높고 멋진 산중으로 나를 한껏 떠밀어 보고 싶었다. 며칠 뒤 비행기 표를 끊어 제주로 향했다. 한라산에 오르기 위해서 말이다.

정상 높이 1947M에 달하는 한라산은 남한에서 가장 높은 산으로 금강산, 지리산과 함께 우리나라 삼신산(三神山)으로 불린다고 한다. '한라산' 이름을 그대로 풀이하면 '은하수를 당기는 산'인데, 이는 '밤하늘의 은하수를 붙잡을 만큼 높이 솟은 산'이라는 뜻으로 지었다고 한다. 은하수를 붙잡는 산이라니, 나는 이보다 더 멋진 산 이름은 들어보지 못했다.

한라산을 오르는 탐방로는 어리목, 영실, 성판악, 관음사, 돈내코, 어승생악, 석굴암 총 7개가 있다. 이중 '백록담'에 닿을 수 있는 탐방로는 성판악과 관음사 두 곳인데, 관음사 코스는 산을 오르며 볼 수 있는 경치가 좋지만 7개의 탐방로 중 가장 험난하고, 성판악 코스는 길지만 지형이 비교적 평탄하여 백록담 등정이 처음인 초심자들은 주로 성판악 코스를 이용한다고 한다. 산행이 익숙하지 않은 나 또한 성판악 코스를 통해 산을 오르기로 했다.

차를 몰고 성판악 입구에 도착했을 때, 시간은 새벽 6시를 가리키고 있었다. 정상까지 편도로만 5시간 가량이 소요되는 긴 산행인 탓에 반드시 이른 새벽부터 산행에 올라야 했다. 차에서 내리자 강한 바람이 얇게 껴입은 옷가지를 손쉽게 관통하며 가슴을 저릿하게 했다. 분명, 전날 일기예보에선 종일 포근한 날씨가 이어질 것이라 했는데 바람은 물론이거니와 금방 비라도 쏟아질 것처럼 하늘엔 거뭇한 구름이 자욱했다.

그래, 어디 인생이 예상대로만 흘러가던가? 우산을 준비하면 햇살이 맑고, 반팔을 꺼내 입으면 웬 비바람을 데려다 놓는 것이 삶 아니던가. '예측할 수 없어 난감하고 버거울 때도 많지만, 그렇기에 더더욱 짜릿한 것이 바로 인생 아닐까?' 정도의 생각을 아쉬움이 번져오는 가슴에 욱여넣고 궂은 날씨를 차라리 반갑게 여기며 나는 한라산 등정을 시작했다.

반암막 커튼으로 걸러낸 듯한 흐린 햇살에도 아랑곳하지 않고 산은 초록을 한껏 발산하고 있었다. 물론, 산을 오르는 행로의 대부분이 커다란 나무와 바위로 철옹성같이 막혀있는 탓에 기대했던 것보다 훨씬 더 경치라 부를 만한 장면은 딱히 없었지만, 자연의 육중함에 갇혀 걷는 기분은 도심 빌딩들 사이에 갇혀 걷는 기분과는 달리 뛰는 가슴을 사뭇 상쾌하게 했다.

얼마나 걸었을까. 숨소리가 거칠어지고 발걸음은 돌덩이를 매단 것처럼 버거워졌다. '이정도면 충분히 오르지 않았나' 하는 기대감이 들 때쯤, 해발 700M라 적힌 석판이 보였다. 이제 겨우 1/3 가량을 올라온 것이었다. 설렘이 불안으로 변하기 시작한 건 산을 오르기 시작한지 1시간 반 만의 일이었다. 이런 페이스라면 정상을 올라가도 문제였다. 내려올 체력이 남아있을 리 없기 때문이다. 산을 너무 쉽게 봤다. 그러나, 후회해봤자 이제와서 되돌아갈 수도 없는 노릇. 이는 우리가 삶을 대하는 태도에 있어서도 마찬가지일 것이다. 이미 그렇게 말하고, 이미 그렇게 행동해버린 것을 뒤늦게 후회해봤자 돌이킬 수 있는 일은 하나도 없다. 한 번 지나온 시간은 절대로 되감을 수 없기 때문이다. 결국, 흐트러진 마음을 다시 한 번 가다듬고 한 걸음 한 걸음 앞으로 나아가는 수밖에 없다. 계속 나아가는 것이 돌아갈 수 있는 유일한 길이자, 과거를 바로 잡을 수 있는 유일한 방법이기 때문이다. 너무 힘들어 그만 내려가고 싶은 마음이 들 때마다, '지금 이 길은 앞으로 내가 헤쳐 나가야할 끝없는 인생길에 비하면 결코 아무것도 아니다'라는 생각으로 정신줄을 굳게 잡으며 걸음에 힘을 실었다.

우여곡절 끝에 정상인 백록담을 2.3Km 앞에 두고 1400M 고지에 있는 진달래대피소에 도착했다. 속으로 연신 곡소리를 내면서도 내 산행이 꽤나 빨랐나 보다. 예정대로라면 3시간이 소요돼야 했지만, 나는 2시간 30분만에 이곳에 닿을 수 있게 되었다. 주변이 탁 트인 곳으로 나오니 초입에서 마주쳤던 바람과는 비교도 안 될 만큼 무시무시한 칼바람이 천지간을 뒤흔들고 있었다. 진달래대피소를 지나면서부터는 생전 처음 보는 황량한 풍경이 이어졌는데, 바람을 이기지 못하고 바닥에 쓰러져 하얗게 동사한 구상나무들을 바라보며, 가장 높은 곳에 올라선다는 것이 얼마나 많은 폐허를 가슴에 묻는 일인지 조금은 짐작할 수 있을 것만 같은 기분이 들었다.

이따금 뒤를 돌아보기도 했고, 고개 들어 여전히 아득한 정상을 우러러 보기도 했으며, 바람 앞에 주저 앉아 벌벌 떨기도 했다. 마지막 난관인 암벽 길 위에선 거의 네 발로 기어가다시피 했지만 몸 성한 곳 하나 없이 해발 1947M 한라산 정상에 도

달할 수 있었다. 흐린 구름에 강풍까지 이어진 궂은 날씨였지만, 다행히 백록담을 두 눈에 담을 수 있는 시야가 허락되었다. 그리고 그것 뿐이었다. 좀 더 여유롭게 산세를 구경하며 무언가 조그만 선물이라도 받아가고 싶은 아이의 마음이었지만, 영하의 기온과 강풍으로 인해 정상에 올라선지 겨우 2분 여만에 나는 하산을 결정할 수밖에 없었다.

그렇게 정상을 충분히 둘러보지도 못한 채 이 악물고 올라온 기나긴 산길을 도로 내려가면서 나는 깨달았다. 산은 하산할 때부터가 본게임의 시작이라는 것을. 체력이 방전된 상태로 무거운 가방을 짊어진 채 중력에 이끌려 걸음을 내딛다 보니 발을 헛딛기 일쑤였다. 실제로 산에서 일어나는 사고 중 대부분은 하산 중에 당하는 경우가 많다고 한다. 그러니 얼른 내려가 무거운 등짐 전부 내려놓고 파전에 막걸리 한 사발 들이키며 지친 몸 그만 쉬고픈 마음이 굴뚝같겠지만, 산을 완전히 하산하기 전까지는 정상을 맛보았다는 자만심을 거둔 채 끝까지 산행에 집중하고 또 주의를 기울여야만 한다.

등산을 모두 마치고 숙소로 돌아왔을 땐, 한 점 구름 없이 맑게 갠 하늘과 초록 바다 저편으로 커다란 태양이 부드럽게 저물어가고 있었다. 충분한 샤워를 마친 후 나는 방전된 몸을 가누지 못하고 그대로 침대에 쓰러졌다. 철근을 올려 놓은 듯이 온몸이 무거웠지만, 이상하게도 가슴은 텅 빈 듯했다. 왜 하필 산이었을까. 무엇이 나를 산으로 이끌었던 걸까. 그토록 기대했던 정상엔 오직 바람과 적막뿐 아무것도 없었으며, 알 수 있는 유일한 것이라곤 바람 앞에 몸 하나 가누지 못하고 주춤대는 나뭇잎 한 장 같은 '나'라는 존재의 미천함뿐이었다. 문득, 내가 가슴 속에 짊어지고 있던 삶에 대한 번영과 애착, 근심과 걱정. 그 모든 것들이 정녕 얼마나 가벼운 것들이었는지 새삼 실감이 돼 헛웃음이 났다. 그런데, 참 이상하게도 이런 생각에 다다르자 어둠에 불을 켠 듯 가슴이 온통 환해지며 모처럼의 따뜻한 잠이 밀려 왔다.

# 산을 오르는 일

인생은 이름 없는 산을 오르는 일
멀리 보며 스스로 선택한 방향으로 걷는 일
그 길 위에서 자신의 호흡과 보폭을 발견하는 일
이따금 마주한 가시덤불과 언덕을 겸허히 인내하고
그날의 멍든 숨과 바람 모두를 가슴으로 추억하는 일
손끝 스치는 세상과 인연에 꽃비처럼 입 맞추며
길 잃고 골 깊은 가슴 별빛으로 메아리치는
노래가 되고 시가 되는 일

# 어깨 넓은 친구

사는 게 녹록지 않을 때, 무작정 시외버스터미널에 가곤 했다. 대합실 한편에 앉아 버스와 버스 승차장을 번갈아 바라보다 보면 나는 이방인이 되거나, 할 일 없는 백수가 되곤 했다.

그 느낌이 좋았다. 오롯이 터미널에서만 느낄 수 있는 떠남과 도착의 애매모호한 그 어디. 때때로 일상 한 편에 형용할 수 없는 '어떤 것'의 빈자리가 느껴져 가슴 내벽에 웃풍이 든다면, 좀처럼 손에 잡히지 않는 '어떤 것'으로 인해 숨 쉴 때마다 턱끝이 텁텁 막혀온다면. 아직 그 가슴에는 청춘을 남용할 수 있는 권리가 쥐어 있다는 의미일지도 모른다.

청춘은 반드시 어디론가 떠나가야만 한다. 있는 힘껏 두 발을 차고 높이 뛰어올라도, 결국 두 발이 땅바닥에서 벗어날 수는 없겠지만 그럼에도 불구하고, 적어도 한 번쯤은 반기를 들수 없는 '어떤 것'에 사로잡혀 힘껏 뛰어올라 봐야만 한다. 가슴 안팎으로 파도가 쉼 없이 몰아치지만 아무런 대답을 하지 못한 채, 돌아올 여비도, 차편도 마련하지 못한 채. 그렇게 미친 척 살아봐야만 한다. 청춘이라 쓰여진 이 승차권을 제때 사용하지 못하면 해소되지 못한 방랑벽이 두고두고 쫓아다니며 인생을 허전하게 하거나, 의심하게 한다.

비슷한 사람들이 저마다의 모습으로 오르내리는 것을 두어 시간쯤 넋 놓고 바라보다가, 무슨 바람이 들었는지 어디론가 떠나버릴 작정을 하곤 매표소 전광판에 쓰인 버스 노선표를 높은 가격순으로 천천히 읽어내려갔다. 표값이 비싸다는 건 그만큼 거리가 멀다는 뜻이고 거리가 멀다는 건 버스를 오래 타야 한다는 뜻이다. 버스를 오래 탄다는 건 휴게소를 최소 한 번 이상은 경유한다는 의미이고, 이는 알감자나 호두과자를 맛볼 수 있다는 뜻이 된다.

전광판에 적힌 지명들의 이름을 보다가 동해행 버스표를 끊었다. 13번 승차장에 버스가 들어오고 가장 먼저 탑승한 나는, 다섯 자리가 붙어있는 맨 뒤 창가 쪽 자리를 찾아 앉았다. 언제인가 본 신문 기사에서는 승차감이 안 좋은 자리로 손꼽는 자리가 버스 맨 뒷자리라던데, 나는 이상하리만치 뒷자리를 고집하곤 했다. 등받이를 조절할 때 뒷사람을 의식할 필요가 없기 때문이기도 하지만, 무엇보다 불편한 승차감이 나를 안도하게 했기 때문이다.

나는 버스를 타도, 기차를 타도, 배를 타도, 심지어 10시간이 넘는 장거리 비행기를 타도 거의 모든 시간을 깨어있다. 몸이 어딘가로 빠르게 이끌려갈 때 아랫배에 느껴지는 그 복잡 미묘한 휑한 기분이 좋고, 그 기분을 두 손으로 받쳐올리듯 창밖으로 쏟아지는 낯선 풍경이 좋기 때문이다. 이런 은근한 방랑의 분위기를 충분히 들이마시고 내쉬다 보면 명치끝에 얹혀있던 케케묵은 돌덩이가 빠져나가는 느낌이 든다.

창밖을 바라보니 버스는 어느덧 도심을 빠져나와 고속도로를 하염없이 달리고 있었다. 오늘부터 입추라고 하던데, 애써 꺼내 입은 긴팔 티셔츠가 민망할 만큼 차창 밖 뜬 태양이 사납게 나를 노려봤다. 흐르는 창밖 풍경과 두 눈을 마주 보다가 이대로는 도착하기도 전에 얼굴이 전부 그을릴듯 싶어 커튼을 치고 잠시 흐르는 음악 소리에 귀를 기울였다.

휴게소에서 산 호두과자의 온기가 완전히 식어갈 때쯤이 되어서야 버스는 동해 시외버스터미널에 도착했다. 동해까지 실려오는 동안 검색해본 바로는 여기 터미널에서 가까운 곳에 '묵호항'이 있다. 묵호, 발음하는 것만으로도 어쩐지 바다 내음이 혀끝에 물씬 베어 오는 묵호는 이름 두 글자부터 내 마음을 사로잡았다. '묵호항'과 그 옆에 붙어있는 '논골담길'을 함께 둘러보고 시간이 남으면 근처 조망 좋은 카페에 들러 커피와 바다를 들이킬 작정으로 묵호항 근처 게스트하우스를 예약했다.

터미널을 빠져나오자 타다만 태양이 정수리를 하얗게 지피고 나는 충분히 남은 한낮을 다행으로 여기며 서둘러 묵호항으로 걸음을 옮겼다.

택시에서 내리자마자 생선 비린내가 코끝을 때렸다. 지나가는 어느 노부부에게 "여기가 묵호항인가요?"라고 물어 기어코 "묵호항이 맞다"라는 대답을 들어야 했던 것은, 분명 내가 기대했던 항만의 모습과는 사뭇 달라서였을 것이다.

그곳은 푸른 바다, 뱃고동 소리, 갈매기 소리, 은근한 소금 향 이런 것들과는 거리가 먼, 뭐랄까, 바닥엔 여기저기 생선 대가리가 굴러다니는 가뭇하고 조그만 시장을 품에 둔 항구였다. 근사한 전경을 상상했던 나의 기대는 산산조각났지만, 다행히도 묵호항 바로 근처에 있는 수변공원에서는 제법 탁트인 바다를 조망할 수 있어 실망을 충분히 달랠 수 있었는데, 그보다 더욱 다행스러운 것은 아이러니하게도 그 쓸쓸한 항구의 뒷모습이 오래 남아 내 가슴속에 뱃길을 내고 있었다는 사실이다.

논골담길을 비롯해 묵호항 주변 곳곳을 둘러보는 내내 '초라한 것의 어깨를 다독일 수 있는 건, 남루한 것의 손길인가 보다'라는 생각이 자꾸 나를 흔들었다.

116

마당으로 바다를 둔 적당한 카페를 찾아 홀로 수다떨 겨를도 없이 어느덧 해는 그림자만 채 남아 넓은 바다와 더 넓은 하늘을 마저 데우고 있었다.

게스트하우스의 프론트 문을 열었을 땐, 낯선 남녀가 원형 테이블에 둘러 앉아 고기와 술잔을 나누고 있었는데 내가 들어서자 일제히 나를 향해 고개를 돌렸다. 이내 무리 중 까만 앞치마를 걸친 한 청년이 일어나더니 나에게 다가와 인사를 건넸다. 젊은 사장으로 보이는 청년은 내 이름을 확인하더니, 게스트하우스 이용에 대한 간단한 안내를 해주었고, 혹시 식사하지 않았으면 자리에 합석해도 좋다고 말했다. 슬쩍 테이블 쪽을 바라보니, 충분히 분위기가 좋아 보여 그걸 흐리고 싶지 않은 마음에 괜찮다고 말하곤 안내 받은 호실로 들어갔다.

내가 고른 방은 남성 전용 도미토리 6인실이었는데, 한 침대를 제외하고는 모두 나보다 먼저 들어온 사람들의 짐가방이 놓여 있었다. 여기서 하룻밤 묵게될 모든 이에게 이곳은 낯선 공간일텐데, 마치 불꺼진 낯선 가정집에 들어가 함부로 짐을 풀고 있는 듯한 기분이 들었다. 물론, 채비도 없이 떠나온 내 가방 속에는 시집 두 권, 보조 배터리가 전부였기에 따로 짐을 풀 것도 없었지만, 텅 빈 가방을 내려놓는 어깨가 그때는 왜 그리도 어색하고 홀가분하게만 느껴졌는지. 주변 아무 식당에서 허기를 때우고 편의점에 들러 속옷과 세면도구를 살 생각으로 게스트하우스를 나왔다.

골목은 육중한 어둠을, 바다는 날카로운 바람을 조각하고 있었다. 왼편에 바다를 끼고 조금 걷다 보니 로터리가 하나 나왔다. 그리고 그 옆에 '중앙식당'이라 적힌 허름한 간판 하나가 보여 그곳으로 향했다.

밖에서 보이는 만큼이나 가게 안은 아담했다. 가게에는 중년 남성 한 명과 가게 주인으로 보이는 중년 여성이 함께 한상에 앉아 이야기를 나누고 있었다. 내가 김치찌개를 주문하고 자리에 앉자 남성과 이야기를 나누던 가게 주인은 음식을 조리하러 주방에 들어갔다. 그러자, 먼저 식사하고 있던 그 남성이 내게 말을 걸어왔다.

"혼자 왔나 봐요?"

내가 그렇다고 답하니, 이쪽 지역 사람은 아닌 것 같아 물어봤다면서 대뜸 나이가 어떻게 되냐고 다시 물었다. 스물여섯 살(2017년 당시)이라고 내가 대답하자, 자신의 첫째 딸하고 나이가 똑같다며 학생이냐고 물었다. 나는 학교를 다니다 그만두고 지금은 글을 쓰고 있다고 대답했다. 주말도 아닌 평일에 글을 쓴다는 청년이 멀리 묵호까지 와, 늦은 밤 시간에 홀로 김치찌개를 먹고 있는 모습이 제법 흥미로웠는지. 내가 숟갈을 뜨는 동안에도 그는 쉴새 없이 말을 걸어왔다.

찌개와 공기밥을 모두 비워갈 때쯤, 그는 자신이 살 테니 요 앞에서 맥주 한 잔을 같이 하는 게 어떠냐고 물었다. 내가 조금 경계하는 눈치로 술을 못한다고 대답하자, 그럼 편의점 파라솔에서 커피 한 잔 마시자며 그냥 어린 작가 선생님과 수다를 나눠보고 싶을 뿐이라고 했다. 마침, 옆에 있던 식당 주인도 저 삼촌 여기 20년 단골이니까 걱정 말라는 식으로 거들기에, 못 이기는 척 가게를 나와 함께 편의점으로 향했다.

편의점 파라솔에 앉아 잠시 사색에 잠겨있을 때쯤 그가 말했다.

"내가 사연이 참 많은 사람이에요."

나는 어떤 대답이 좋을지 몰라 멋쩍게 웃으며 커피를 한모금 마셨다. 그는 숨을 깊게 한 번 내쉬더니 이내 담배를 한 개피를 꺼내 물고 이야기를 시작했다. 그의 말에 따르면 이렇다.

그는 묵호에서 자랐으며, 학창 시절에는 이름만 대면 누구나 알만큼 이쪽 동네에서 제일 가는 주먹이었다. 그러다 한 번은 시내에서 싸움이 났는데 실수로 조직폭력배를 건드렸고 그 날밤, 조폭들에게 붙잡혀 외진 바닷가에 끌려가 알몸으로 구타를 당했다. 그런데 그때, 조직의 행동대장이 "너 여기서 죽을

래? 아니면, 우리 식구할래?" 그에게 선택할 수 있는 기회를 줬고, 살기 위해 어쩔 수 없이 조직의 일원이 되었다. 그 이후로, 강원 지역에서 활동하던 여러 조직들의 힘겨루기에 투입되었고, 학생 신분에도 불구하고 능력(싸움을 말하는 것 같다.)을 인정받아 수하를 여럿 거느리며 머스탱을 끌고 다녔다. 그렇게 세상 무서운 줄 모르고 막나가던 그에게도 한 사건이 있었는데, 하루는 여자친구와 시내에서 데이트를 하고 있던 도중에 갑자기 나타난 형사들에게 붙잡혀 경찰서로 끌려갔다.

유치장에 있던 그에게 조직의 행동대장이 면회를 찾아와 이야기하길, 지난 번 조직 충돌 때 상대편 조직원 중 한 명이 목숨을 잃어서 경찰이 조직원을 대상으로 들쑤시고 있는 상황이랬다. 그러면서 지금 사태를 덮기 위해서는 누군가 책임을 떠안을 사람이 필요한데, 피라미 같은 애들로는 경찰쪽에서 만족하지 않고 있어 조직을 위해 감빵에 다녀오는 게 어떻겠냐고 말했다. 열아홉 나이로 3년 간 옥살이를 하게된 그는 출소 후에 조직으로부터 현금 수 억을 받고 조직에선 손을 씻었다.

그 돈을 밑천으로 외제 중고차 사업을 시작했는데 이후에는 마약 밀수(자동차에 마약을 숨겨서 실어 왔다고), 부동산, 아파트 건설사업 등 다양한 사업에도 손을 벌렸다. 그렇게 강남 120평 집에 살며, 와이프를 만나 결혼하고, 딸도 둘 낳으며 인생의 황금기를 보내고 있었는데, 그만, 진행 중이던 아파트 건설사업의 대표가 투자금을 횡령해 해외로 도주해버리는 일이 발생했고, 부대표였던 그가 책임을 떠안게 되어 순식간에 전재산을 잃게 되었다.

고액의 빚을 가족에게 전가할 수 없었던 그는 어쩔 수 없이 아내와 이혼했고, 하루는 쫓아오는 채무자들을 피해 늦은 새벽 차를 몰고 정신 없이 무작정 내달렸는데, 도착해 보니 그의 고향인 여기, 묵호였다.

여관에 방을 얻어 숨어 지내게 된 그는 매일밤 죽어버릴까 수도 없이 고민했는데, 그때마다 딸아이들에게 실패한 아빠, 비겁한 아빠로 기억될까봐. 마음을 고쳐먹고 어떻게든 다시 살아볼 궁리를 했고, 수년간 쪽잠자며 오전, 오후, 야간 가릴 것 없이 닥치는대로 일을 해 조금씩이지만 남아있는 빚을 갚아나가는 중이다.

처음엔 그저 술에 취한 아버지의 허풍처럼 들려, 들려 적당히 들어주다 일어나려고 했는데 그의 담담한 목소리와 흔들림 없는 눈을 보다보니, 이 모든 이야기가 거짓이라면 되레 이상할 것만 같았다.

어느덧 시간은 밤 열두시를 넘어가고 그는 시간을 확인하더

니, 두서 없는 이야기를 들어줘서 고맙다며 악수를 건네곤 이
내 바람이 멎은 골목 끝으로 자취를 감췄다. 그가 사라진 골목
사이로 자정의 어스름이 무겁게 번져왔다. 잠시 그대로 앉아 그
곳을 물끄러미 바라보았다.

이 늦은 밤, 외진 골목 어느 식당에서 만난 낯선 청년에게
자신의 속깊은 인생사를 고백하는 이의 마음은 무엇이었을까.
무료함이었을까. 호기심이었을까. 외로움이었을까. 골몰히 생각
하던 나는, 휴대폰 메모장을 열어 이렇게 적었다.

누군가에게는 잠시 들렀던 곳,
누군가에게는 달아나야 했던 곳,
누군가에게는 돌아와야 했던 곳,
절망과 희망 그리고 무심과 다정이 살을 맞대고
함께 부서지던 그곳,

묵호.

나는 그날, 세상에 치이고 사람에 치여 바보 같은 인생에 홀
로 남겨지게 되더라도, 그언제나 말없이 낮아진 어깨를 툭툭 매
만져 줄 것만 같은 어깨 넓은 친구 하나, 가슴에 두게 되었다.

# 하늘 너머 하늘

오늘, 누군가는 사랑에 빠졌습니다
누군가는 기다리던 소식을 들었습니다
누군가는 병상을 떠나 집으로 향했습니다
내가 붙잡을 수 없는 것들을 붙잡기 위해서
나무 그늘 홀로 앉아 부서지고 있을 때에도
나뭇잎은 흔들렸고 새들은 지저귀었으며
구름은 하늘 너머 하늘 그 어딘가로
차곡차곡 흘러갔습니다

# 끝에서 배우다

사람도 소중할 수 있다는 것을 처음 알게 해 준 사람과 통영에 간 적이 있다. 좋아하는 시나, 문학 작품에서 종종 마주칠 수 있었던 곳이라 그런지 몰라도 숨 막힐 듯 낱낱이 부서지던 서울과 아주 대비되는 이곳은 친숙하면서도 이질적으로 아름다웠다. 가로등 주홍 불빛과 따뜻한 달빛, 그것들이 한데 뒤섞이며 연안을 따라 윤슬을 자아내고 그 광경을 바라보고 있자니, 과도한 프레임에 눈이 멀어 버릴 것 같은 두려움마저 느껴졌다.

우리는 '연화도'라는 섬에 들어가기 위해 통영항에서 첫 배를 기다리고 있었다. 아무리 셔터를 눌러도 카메라에 온전히 담겨 주지 않는 새침한 바다를 조금 아쉬워하며, 멀리서 번져 오는 북새 그 아래 늠름하게 서 있는 저것이 산인지, 구름인지를 골몰하는 동안 배가 들어와 서둘러 승선했다. 한반도의 끝자락에서 더 깊은 끝으로 들어간다고 생각하니, 가슴 한편에서 출처를 알 수 없는 차가운 통증이 스멀스멀 피어올랐다. 잠시 그 감각을 곱씹다가, 품 안에서 수첩을 꺼내어 메모했다.

끝은 언제나 아쉽고

때때로 척박하고

그래서 아름답다.

물러설 곳 없던 일상도, 눈부시게 초라했던 내일도, 공허하게 숨 가빴던 사랑도, 모두. 이제는 이해할 수 있을 것도 같다는 생각을 하며 잠시 눈을 붙였고, 잠시도 아쉽다는 생각에 잠에서 깨었을 땐 나는 갑판으로 걸음을 옮기고 있었다. 난간 끝에 우두커니 서서 아름다운 섬들을 이름도 모른 채 한참을 놓쳤다. 그 기분이 나쁘지 않았다. 그 기분을 기억하기 위해서라도, 살면서 언젠가 한 번쯤은 반드시 이곳으로 도망쳐 올 것 같다는 예감이 들었다.

# 낭만 권장량

흘러가는 일상을 무심히 지나치다가도
지는 노을이나 밤하늘 달과 눈이 마주쳤을 때
잠시 걸음을 멈추고 오늘 하루도 고생 많았다고
자신에게 한 마디 위로를 건넬 수 있는 여유
딱 그만큼이다 하루를 견뎌 내기 위해
우리에게 필요한 낭만의 크기는

# 따뜻함에 물들다

하루는 서울에서 공연하는 한 연극에 초대되어 서울로 나섰어. 유월이란 말이 무색하게도 계절은 거리 곳곳에 살가운 아지랑이를 피워올리고 있었지. 버스를 갈아타고 얼마쯤 갔을까. 차창 밖으로 초록을 빼입은 청계천이 펼쳐졌어. 날이 좋아 그런지 산책하러 나온 사람들이 참 많더라. 연인의 손을 잡고 다정하게 걷는 사람, 반려견을 이끌고 여유롭게 산책하는 사람, 생각에 잠긴 듯 이어폰을 꽂고 홀로 천변을 걷는 사람. 아끼는 존재와 함께 혹은, 오롯이 혼자만의 보폭으로 햇살 가득한 강변을 걷는 일은 유월에 누릴 수 있는 가장 큰 사치가 아닐까 싶어. 근데, 그렇게 눈부신 봄의 전경들에 이런저런 코멘트를 달아주고 있을 때쯤 문득, 이런 생각이 드는 거야.

'내가 왜 청계천을 지나고 있지?'

버스를 잘못 타고 만 거야. 때마침 정류장에 버스가 정차하길래 무작정 버스에서 내렸어. 내가 가려던 극장과 청계천은 서로 정반대 방향이었거든.

벙찐 표정으로 정류장에 서 있는데, 그냥 헛웃음이 나더라. 햇살은 여전히 뜨거웠고 나는 길을 잃었어. 내가 내린 곳이 정확히 어디인지 감이 오지 않아 천천히 주변을 둘러보니, 수많은 책을 탑처럼 쌓아놓은 헌책방가게들이 보였어. 간판에 서린 퍼런 녹과 서체로 미루어 보건대, 그곳 상점들은 족히 50년은 더 되어 보였어. 알고 보니까, 내가 길 잃고 뻘쭘하게 서 있던 그곳이 말로만 듣던 청계천 헌책방거리더라고. 정신을 차려보니, 나는 한 헌책방 앞 책더미에 파묻혀서, 그곳 깊숙이에 꽂혀 있는 어떤 시집 한 권을 꺼내려 애쓰고 있었어. 그 시집은 내가 수집하고 있는 문예지의 간행물이었거든.

혹시, 너는 운명을 믿니? 나는 삶이란 언제나 스스로 개척해 나가는 거라고 가슴에 손을 얹고 말하면서도, 다른 한 손으로는 불가항적 세계의 태엽을 자주 만지작거리며 살아가는 편이야. 내게는 운명이 아니라면 도무지 설명할 수 없는 사건들이 꽤 있었거든. 이날 나에게 찾아왔던 시집도 그래. 나는 우연히 연극에 초대받았고, 이날 따라 여유롭게 길을 나섰고, 버스를 잘못 탔고, 무작정 내린 곳이 때마침 헌책방거리였고, 책더미 사이에서 오래된 시집 한 권을 발견했어. 그리고 그 시집의 첫 페이지에는 삼십여 년 전 누군가가 남겨 놓은 메모가 적혀있었지.

'가슴이 따뜻한 사람과 만나고 싶다'
- 내가 커피를 마시는 이유,
  가슴이 따뜻한 사람으로 살아있고 싶어서
- 오늘은 내내 커피 향 속에 그대로 묻혀 살았다.
- 다음번엔 그 속에 젖어 들고 싶다.
- 그래서 내 안에서 그리운 커피향기 묻어났음 좋겠다.

찾아보니 '가슴이 따뜻한 사람과 만나고 싶다'라는 문구는 1980년대 맥심 광고에 사용된 선전 문구더라고. 그러니까, 과거의 누군가는 커피 한 잔을 손에 들고 이 시집을 읽으며 자신 또한 누군가에게 따뜻한 사람으로 기억되기를 바랐고, 그 바람은 냉정한 시간 속에서도 사라지지 않고 남아 오늘의 나에게 닿아서, 나의 하루를 따뜻한 커피 향으로 물들게 한 거야.

이 책이 나에게 오기까지 걸린 세월과 이 책이 나에게 오기까지의 확률을 생각해보려 하면 순간, 머릿속이 까마득해져서 속이 울렁거리다가도, 나는 감히 믿고 싶어져. 누군가의 작은 흔적이 수십 년을 돌고 돌아 나의 세상을 흠뻑 적신 것처럼, 내 사소하고 볼품없는 마음의 기록과 작은 바람들도 언젠가는 너

의 세상에 묻어나는 날이 그래 한 번은 오지 않을까, 그리운 향
이 나지 않을까, 하고 말이야.

# 사랑할 수 있었기에
## 견딜 수 있었다

유난히 천장이 낮아 보였던 어느 새벽. 밤중에 비가 내렸었는지 창틈으로는 비릿한 시멘트 냄새가 은근히 풍겨오고 나는 이불을 그대로 덮은 채 의미 없이 눈을 깜빡거리며 떠올렸다. '언제 잠이 들었던 거지?' 술을 마신 것도 아닌데 언제 잠이 들었는지. 아니, 오늘 무얼 했는지조차도 좀처럼 기억나지 않았다.

휴대용 가스버너에 라면 물을 올릴 때가 되어서야 기억은 퍼즐 조각처럼 하나하나 선명해지기 시작했다. 그러니까, 저녁 8시쯤 집에 들어왔고 편두통을 앓고 있었다. 가방을 멘 채로 신발장 앞에 앉아 밀린 체납고지서를 뜯어 읽었다. 이미 지난주에 가스가 끊겼고, 오늘 아침에는 휴대전화가 끊겼다. 오후에는 도서관에 들러 릴케의 시집을 읽었는데, 해가 꺾일 때쯤 머리가 아파오기 시작했다.

글을 쓴 이후로 편두통에 자주 시달렸다. 한 주에 최소 이틀은 머리가 아팠지만 대개 자고 일어나면 말끔히 나았다. 아무튼, 도서관에 있던 나는 점점 심해지는 두통을 참다 참다 견딜 수 없어 집으로 돌아왔는데 현관문 앞에 쪽지가 붙어 있었다.

'총각, 수도세!'

만원이 채 안 되는 금액이었지만 수중에는 단돈 천 원 한 장이 없었다. 문을 열고 현관에 들어서자 신발장 위에 뜯지도 않은 채 쌓여있는 고지서 뭉텅이가 보였다. 그대로 바닥에 앉아 고지서를 전부 펼쳐 지금 나에게 필요한 돈의 총합을 계산했다. 얼추 사십만 원쯤이었다. 금액을 확인하고 나서 가방만 내려놓은 채 이불 속에 몸을 묻었다. 이불은 차고 눅눅하고 포근했다.

눈을 떴을 땐 천장 위로 시퍼런 어둠이 가볍게 일렁이는 게 보였다. 그 모습을 잠시 넋 놓고 바라보다 이내 찬물로 샤워했다. 차가운 피부가 더 차갑게 굳는 듯한 기분이 들었다. 수건으로 머리를 대충 털고 라면을 끓이기 위해 방 한가운데 휴대용 가스버너를 놓고 앉아 물을 올렸다. 그렇게 뜻 없이 피어오르는 버너의 불을 물끄러미 바라보는데 왈칵, 눈물이 쏟아졌다.

나는 실패한 청춘이었다. 기울어가는 생활을 외면한 비겁자였고, 행복을 위한다는 말로 불행을 껴안은 낙오자였다. 그걸 증명하듯 내 모습은 이루 말할 수 없을 만큼 남루했다. 겨우 사십만 원이 없어 라면으로 끼니를 때우고 찬물로 샤워하며 휴대폰은 먹통이다. 밀린 전기세와 수도세 아니, 바로 이다음 끼니조차도 내게는 해결할 능력이 없다. 학교에 휴학계를 내던지던 삼 년 전의 나, 주변의 만류에도 아랑곳하지 않고 오직 글 하나로 밥을 빌어먹어 보겠노라고 으름장 놓던 무모한 청춘에게 현실은 냉정했다.

얼마나 울었을까, 버너에 올려둔 물이 꼭 내가 쏟은 눈물만큼 졸아 있었다.

고등학생 시절부터 쉼없이 해오던 아르바이트를 전업으로 글 쓴 뒤로는 단 한 번도 하지 않았던 거. 그래서 한겨울에 가스도 안 드는 집에서 생활해야 했던 거. 한 달 내내 라면 한 박스로 끼니를 때워야 했던 거. 이제 와서 드는 생각이지만, 내가 이토록 내 생활에 모질고 비겁했던 것은 내가 확신했던 내 인생과 꿈에 비겁해지고 싶지 않았기 때문이었는지도 모르겠다.

이를테면, "작가들 평균 수입이 연간 백만 원도 안 된대"라든지, "책 한 권 팔려봤자 천원도 안 남는다더라"라든지, "요즘 고졸은 어디 써주지도 않아 그래도 대학교는 졸업해야 하지 않겠어?"와 같은 주변 사람들의 통속적인 걱정이나, 시대 흐름에 순응하지 않아도 포기하지 않고 최선을 다하면 결국 해낼 수 있다고. 등신처럼, 글만 써도 밥 잘 먹고 살 수 있다고 스스로 증명해냄으로써 말이다.

혹독했던 그 겨울. 집과 도서관을 전전긍긍하며 죽을 듯이, 죽을 듯이, 죽지 않고 살아남았던 그날의 나는 쉽사리 풀리지 않는 내 삶을 온전히 인내하고 있었다. 서럽고 초라했지만, 세상 누구보다 그런 내 삶을 안타까워하며 사랑하고 있었다. 사랑할 수 있었기 때문에, 견딜 수 있었다.

당장 모든 것이 나아지지 않더라도. 언젠가, 그 언젠가가 오면 반드시 지금보다는 더 나아질 거라 믿으며 내 짧은 인생 중 가장 어둡고 낮은 한때를 온몸으로 거닐고 있었다. 그때는 몰랐지만, 이제는 안다. 말할 수 있다.

잠에서 깨어 눈을 뜨는 순간조차 실패 같던 그때, 그날들이 후로 지나온 내 모든 밤들에 환한 등대가 되어 주고 있노라고.

# 중요한 것

중요한 것은 살아남는 것이다
바다처럼 나무처럼 흔들리고
흔들려도 어떻게든 끝까지 남아
눈물로 두 발로 서 있는 것이다

# 가만히, 빌었나 보다

그러니까, 기억을 더듬어보면. 일곱 살이 되던 해부터 나는 줄곧 반지하에 살았다. 반지하는 말 그대로 반은 지상에, 반은 지하에 있는 주거공간. 옥탑방과 비슷하지만, 분명한 차이라면 옥탑방은 푸른 하늘을 창으로 두는 데 반해 반지하는 사람들의 발목을 창으로 둔다는 점이다. 이런 의미에서 생각해보면, 반지하는 그 어떤 땅밑보다 처절한 지하가 아닐 수 없다.

1970년대부터 전쟁이 발발하면 방공호나 진지구축 등 군사 목적으로 활용하기 위해 새로 건물을 지을 때 의무적으로 지하실을 두게 하면서 반지하가 생겨났다. 초기에는 주로 창고 정도의 용도로만 사용돼 사람이 거주하지 않았지만, 근대화로 인해 도시의 인구 밀집이 빠르게 진행되면서 주거공간의 부족함을 해소하기 위해 반지하가 활용되기 시작했다. 지하 특성상 사계절 내내 습하고 공기의 순환이 쾌적하지 않아 쉽게 곰팡이가 피어나고 나방파리가 창궐하지만, 주머니 사정이 넉넉하지 않은 이들에게 반지하는 어쩔 수 없는 선택이다.

내가 열여덟 살 되던 해 건너온 성남동의 반지하 집은 이전에 살던 금광동의 반지하 집과는 비교가 안 될 만큼 집 안으로 빛이 잘 들어오지 않았다. 불을 켜지 않으면 한낮에도 온 방이 어두웠는데, 아이러니하게도 나는 그게 편안했는지 언제부터인가 아예 불을 꺼둔 채로 생활하기 시작했다. 어둠에 오래 익숙해지다 보니 눈을 감은 채로 안방에서 거실까지 걸어가 냉장고 문을 여는 것쯤은 일도 아니게 되었다. 이런 지경에 이르니, 창틈으로 새어오는 잠깐의 햇살에도 눈동자가 시큰하고 부스럼이 일어, 나중엔 커다란 암막 커튼까지 구해다가 창문에 빗장을 채워버렸다. 하루는, 깜빡 낮잠이 들었는데 잠에서 깨어 집을 나섰다가 소스라쳤다. 저녁 6시인 줄 알았는데, 새벽 6시였다.

사람이 빛을 끊고 어둠에 깊숙이 동화되면 가장 먼저 시간의 경계가 무너진다. 그리고 몸과 마음의 리듬이 무너져 겉과 속이 텅 비어간다. 세상에게도 자기 자신에게도 철저히 외딴섬이 되어버리는 것이다. 그러나 그 당시에는 내 이런 삶에 별다른 의문이나 불편함을 품지 않았다. 나는 내 생애 가장 뜨거운 시간들을 지상에서 한 뼘 떨어진 심해에 갇혀, 살아있지도, 죽어있지도 않은 채로 보냈다.

대학을 그만두면서부터 엄마는 내가 지내는 성남동 반지하에 빈번히 찾아왔다. 일단 현관문을 열고 들어오면, 엄마는 가장 먼저 내 방 커튼을 걷고 집의 모든 창을 활짝 열어 놓았는데, 나는 그게 어지간히 못마땅했다. 창문을 열어봤자 사방이 담벼락으로 막혀있을뿐더러, 옆집에서 내려다보면 내 방 내부가 훤히 들여다보였기 때문이다. 그러나, 엄마는 아랑곳하지 않고 언제나 집에 발을 들이는 즉시 모든 창문을 열어젖혔다. 그러곤 슈퍼에 들러 우유와 과일거리를 사다가 냉장고와 책상 위에 올려두었고, 돌아갈 때면 꼭 천 원짜리 몇 장을 내 손에 쥐여주곤 했는데, 언제인가 버스 정류장까지 배웅 나온 나에게 엄마는 이렇게 말했다.

"애야, 볕을 멀리 두고 살면 반드시 탈이 난단다."

집으로 돌아와 내 방 열려있는 창문들을 닫다가 멈칫, 다시 반절만큼을 열어두었다. 암막 커튼 뒤로 깊숙이 피어 있는 푸른 곰팡이와 거미줄. 다시, 천천히 고개를 돌려 방안을 둘러보았다. 모퉁이마다 꼭 내 반쪽처럼 헐어 있었다. 집은 사람을 닮고, 다시 사람은 집을 닮아간다. 집이 병들면 사람이 병들고, 사람이 병들면 집이 병들어 간다.

내가 그동안 불을 끄고 지냈던 이유, 빛으로부터 나를 단절시켰던 이유. 나는 알지 못했지만, 엄마는 알고 있었나 보다. 다

알고 있으면서도 내게 아무 말할 수 없었나 보다. 그저 창문을 열어 아주 작은 빛이라도 내 곁으로 기울기를 가만히, 가만히, 빌었나 보다.

# 마음을 기르는 법

만약 네가 화분에 꽃씨를 심었다면
너는 그것을 빛 잘 드는 창가에 두겠지
모자라거나 넘치지 않을 만큼 물도 줄 거고
꽃잎이 보고 싶다고 억지로 봉오리를 열거나
재촉하지 않으며 그저 피어날 때를 기다릴 거야
혹시, 너는 알고 있니?

꽃을 기르는 법과
마음을 기르는 법은 다르지 않단다

# 누구의 가슴에
## 불을 지를 수 있을까

언제나 두발을 스포츠컷으로 올려치고 다녔던 어린 시절의 나, 학교에 가지 않는 주말이면 아침부터 저녁까지 동네 친구들과 온 동네를 누비고 다니며 놀았다.

그때는, 지금처럼 고사양 컴퓨터나 스마트폰이 대중화돼 있던 때가 아니어서 주로 깡통 차기나 꼼꼬미, 경찰과 도둑 같은 놀이를 했는데 '동' 하나를 통째로 거점 삼아 놀다 보니, 가끔은 놀이를 하다가 집에 간다는 말도 없이 아이들이 하나둘 사라져버려, 끝을 맺지 않고 놀이가 끝나버리는 날도 많았다.

직접 집에 찾아가거나 집 전화로 전화하지 않으면 서로에게 연락을 취할 방법이 없어서, 종종 마지막까지 술래였던 아이는 놀이 속에 홀로 남아 끝나지 않는 놀이를 해야 하기도 했다(물론, 술래가 가장 먼저 사라지는 날도 많았다).

그런데 지금 생각해도 신기한 것은 누군가 말없이 집으로 돌아갔다고 해서 서로 감정이 상하거나 다투는 일이 없었다는 점이다. 다음 날 아침이면, 우리는 어김없이 놀이터 그네 앞에 모여 두 볼과 하늘을 빨갛게 데우며 웃고 떠들다가 거리 위로 내려앉은 그림자가 충분히 깊어질 때면, 인사도 없이 흩어지기를 반복했다.

동네에 살며 같이 어울리던 친구 중에는 나와 동갑인 녀석들부터, 많게는 내 위로 3살 터울인 형들도 있었다. 너나 할 것 없이 모두가 서로서로 친했지만, 나는 그중에서도 우리 집 바로 옆집에 살던 동갑내기 친구 'J'와 가장 친했다.

까무잡잡한 피부와 곱슬머리가 찰떡이었던 J. 우리는, 초등학교 2학년 때 J가 반으로 전학을 오게 되면서 서로 친구가 되었다. 담벼락 하나를 두고 서로가 바로 옆집에 살다 보니 등하굣길에 마주치게 되는 경우가 많았고, 우리는 자연스레 죽마고우가 되었다.

J의 어머니는 시내 백화점 식료품 코너에서 일했고, 아버지는 자동차 부속품을 납품하는 일을 했다. 그리고 그에게는 3살 어린 여동생 한 명이 있었는데, J와 함께 그의 집 최신형 컴퓨터에 깔린 스타크래프트를 하러 놀러 갈 때마다 J와 여동생은 컴퓨터 사용 권한을 두고 피 튀기는 전쟁을 벌이는 날이 많았고, 나는 본의 아니게 중간에 껴서 피난민 신세가 되기도 했다. 하지만 그의 집에 또 다른 컴퓨터 한 대가 더 놓이면서 끝나지 않

을 것 같았던 이들의 전쟁 또한 휴전을 맞이하게 됐다.

시간은 흘러 초등학교 4학년 어느 여름 방학, 아침부터 J와 함께 장수풍뎅이를 잡으러 남한산성의 수어장대까지 올라갔다가 공치고 돌아오던 그날, 나는 텅 빈 채집통이 못내 아쉬웠는지 J에게 말했다.

"내일은 좀 더 일찍 가 볼까?"

그러자 J가 대답했다.

"나, 내일부터 바다에 놀러 가. 다음 주나 돼야 올걸?"

우리는 각자의 집으로 돌아갔고, 내가 집에 들어온 지 몇 분이 채 되지 않아, 쿵쿵, 누군가 우리 집 현관문을 두드렸다. J였다.

"야, 우리 집에 양념치킨 있는데 너 와서 먹을래?"

치킨이 있다는 말에 곧장 J의 집으로 달려갔다. 현관문을 열고 들어서자, J의 부모님과 여동생이 거실에 둘러앉아 치킨을 먹고 있었다. 치킨만 생각했지, 그의 가족들이 한자리에 전부 모여있을 거라고는 생각 못 했던 나는, 신발장 앞에서 서서 괜히 멋쩍은 듯 쭈뼛거렸다. 그러자 J의 어머님은 나에게 어서 들어오라며 손짓했다. 열 손가락이 치킨 양념으로 범벅이 되어갈 때쯤 J의 어머님이 나에게 물었다.

"우리 내일 바다 가는데, 너도 갈래?"

이름도, 지역도 기억나지 않지만, 아직도 내 가슴 한편에서 생생히 빛나고 있는 그날의 바다. 거뭇한 파도, 조개껍데기 널린 모래사장, 비릿한 소금 냄새, 물결 멀리 내다보면 노란 눈 뭉치 굴러간 듯 그 끝엔 커다란 태양이 반짝거리고, 밤하늘 위로 하얀 구름 내뿜으며 튀어 오르던 별빛들, 코끝을 치는 화약 냄새, 폭죽 소리, 파도 소리, 사람들 웃음소리, 생각만으로도 가슴이 부서지는….

사실, 나에게는 가족들과 함께 번번한 외식을 해본 기억도, 가족 여행을 떠나본 기억도 없다. 방학을 맞이하면, 이따금 나 홀로 시외버스를 타고 송탄에 사는 셋째 고모 댁에 2박 3일 놀러 갔다 오는 일이 전부였다. 물론 그것만으로도 충분히 설레는 여행이었지만, J의 가족 틈에 뒤섞여 떠났던 내 생애 첫 바다는, 오감이 마비될 정도(그날 이후로 잠자리에 누워 눈을 감으면 모래사장이 보이고 파도 소리가 들렸다)로 강렬한 인상을 남겼다. 시간이 지날수록 나에게 '바다'는 마치 꿈속의 한 장면처럼 떠올리면 떠올릴수록 어렴풋해지는 그런 신비로운 곳으로 새겨지게 되었다.

그래서였을까, 매년 여름 방학이 돌아오면 나는 아침부터 J의 집으로 놀러 갔다. 차마, 바다에 데려가 달라는 말은 못 하고, 매년 여름마다 가족 여행을 떠나는 J의 집을 자주 찾다 보면, '바다에 같이 가자'는 그런 마법 같은 말을 한 번 더 들을 수 있지 않을까 하는 어린 기대에서였다. 나의 작전대로, 나는 중학생이 될 때까지 매년 여름마다 J의 가족을 따라서 바다에 갈 수 있었다.

어느덧 혼자서도 바다에 갈 수 있는 나이가 되면서, J의 집과 나의 집이 서로 다른 담벼락을 가지게 되면서, 나의 유년에 자리 잡은 그날의 기억 또한 자연스레 잊히게 되었다.

이제는 광주 사람이 된 J. 얼마 전, 생신을 맞이한 J의 어머님을 뵙기 위해 그가 부모님과 함께 지내는 광주 집을 방문하게 되었다. 어느샌가 훌쩍 지나와버린 시간을 이런저런 안부들로 꽃피우다가, 잊고 지냈던 그 시절이 생각나 J의 어머님께 말씀드렸다.

"사실은 그때, 바다에 따라가고 싶어서 그랬어요.
염치없이 굴었는데도 따뜻하게 대해주셔서 감사해요."

그러자, J의 어머님은 웃으며 대답했다.

"엄마도 알고 있었어."

인생을 살아가다 보면, 종종 가슴에 화상을 입을 때가 있다. 화상을 입은 줄 알았는데, 그 짓무른 가슴에 누군가 두고 간 꽃 한 송이 심겨 있을 때가 있다. 시간 속에 지지 않고 피어 한결같은 향기로 나의 유년을 지켜주고 있는, J와 그의 가족들이 심어준 따뜻한 마음 한 송이. 집으로 돌아가며 문득, 이런 생각이 들었다. 나는 누구의 가슴에 불을 지를 수 있을까. 누구의 세상에, 어여쁜 꽃 한 송이 심을 수 있을까.

# 한마디

한마디에 무너질 때가 있다.

"밥 좀 더 갖다 줄까요?"
허기진 가슴에 말 한 공기
너무도 따스할 때,

"나도 그럴 때가 있어."
아무리 혼자라 말해 봐도
자꾸 온기가 느껴질 때,

"나를 좋아하지 않아도 괜찮아."
힘없고 단단한 마음 하나가
내 세상을 엎지를 때,

"네 말, 진심 아닌 거 알아."
버거워, 두 손 모두 놓았는데
네가 나를 건드려 할 때,

한마디에 무너질 때가 있다.

무너져서,
무너지지 못할 때가 있다.

# 모든 견딤의 이름들

고개를 돌리면 왼편으로 번화가가 보이고, 오른편으로는 노숙자가 보였다. 네온사인 불빛으로 가득 물든 골목 골목마다 청춘과 부랑이 함부로 쓰이는 것을 낱낱이 목격할 수 있었다.

나에게 모란은 그런 동네였다. 자칫 발을 헛디디면 언제든 술독에 빠지거나 시궁창에 빠질 수 있는. 전봇대 아래 투기 되어 흡사 정릉의 형상을 이루고 있는 쓰레기 더미 속에서는 여름이 아니어도 파리와 바퀴벌레가 들끓었다.

나는 해가 가장 늦게 뜨고 가장 먼저 떨어지는 골방에서 지내며 밤마다 등갈비집 뒷간에 커지는 자동점멸등 불빛에 의지해 목을 조르듯 펜을 졸라댔다. 정말 이대로는 죽을 수도 있겠다고 비명을 지르다가도, 차마 이대로 죽을 순 없다고 매일 같이 가슴 치며 두 손 두 발로 빌었다.

신은 언제나 가장 낮은 곳부터 살펴보신다는 성서의 언약에 가장 큰 위로와 가장 큰 상처를 번갈아 받았던 나의 이십 대는, 항상 꿈이라는 이름의 신념이 앞섰고 그것에 참 많이도 부서져야만 했다. 지금 생각해도 아찔하고 비루한 날들의 연속이었다. 구겨진 시선으로 세상을 바라보다 보니 자연스레 타인을 잘 믿지 못하게 되었고 타인과 멀어지니 세상 사는 일이 더욱 시들어 갔다. 펄펄 끓는 물과 살충제를 쏟아부어도 기어코 창궐하는 내 방 곳곳의 나방파리 떼처럼, 어르고 달래도 세상을 향한 나의 증오는 불안을 양분 삼아 끊임없이 몸집을 늘려갔다.

"그럼, 차라리 죽어버려!" 소리치듯 지독하게 삶을 옥죄여오는 가난과 공허. 그럼에도 내가 끝까지 살아남을 수 있었던 것은 내 가슴 벼랑 끝엔 언제나 '시'가 남아있었기 때문이다. 인간을 절벽으로 내모는 일들은 사실 그렇게 크고 대단한 일들이 아니다.

삼분 카레 하나로 하루를 버텨야 했을 때, 운동장 바닥에 누워 근육 끊어진 허벅지를 붙잡고 아픈 다리보다 병원비를 먼저 떠올려야 했을 때, 입김 서리는 거울 앞에 서서 젖은 채로 얼어버린 머리카락에 손가락이 찔려왔을 때, 벽지를 갉아먹는 쥐 소리에 뜬눈으로 밤을 지새워야 했을 때, 대학 교재 살 돈이 없어 졸업반 선배들의 사물함을 털어야 했을 때, 집으로 돌아와 식은 라면 국물에 생쌀을 불려 먹으며 오늘은 죽자고 주먹

쥐었을 때.

시는 그런 순간조차도 내 삶의 빛나는 조각이 될 수 있다고 끝까지 나를 설득했다.

고대 이집트에서는 어린아이가 성인이 되면 그들을 데려가 큰 벽으로 둘러 쌓인 미로에 가뒀다고 한다. 그곳에 갇히게 된 청년들 중에는 간혹 몇 시간도 지나지 않아 출구를 찾아 탈출하는 자들도 있었지만, 거의 모든 청년들은 하루가 다 가도록 탈출하지 못하고 미로 속을 헤맬 뿐이었다. 미로를 탈출했든, 탈출하지 못했든 정확히 하루가 지나면 집행관은 다시 청년들을 데리고 미로로부터 멀리 떨어진 곳에 세워져 있는 돌탑 꼭대기에 올랐다. 그런 다음 그곳에서 미로를 내려다보게 했는데, 그때마다 청년들은 큰 깨달음을 얻을 수 있었다. 탑에 올라 바라보니, 자신들이 출구를 찾아 그토록 헤맸던 거대한 미로가 사실은 그들의 손바닥만큼도 크지 않았던 것이다.

개미에게는 가랑비의 빗방울 하나조차도 폭탄처럼 숨 막힌다. 그러나, 그것은 빗방울이 잔혹하기 때문이 아니라 개미의 몸집에 비해 빗방울이 거대하기 때문일 뿐이다. 때때로 우리는 빗방울 하나를 폭탄처럼 맞는다. 잔바람 하나에 뿌리가 뽑히고, 한 장 파도에 세상을 잠가 버린다. 환멸 깊던 그 시절, 나는 시를 통해서 나의 슬픔이 그저 슬픔에 불과하다는 것을 배울 수 있었다.

어떻게 이 모든 걸 견뎌낼 수 있을까, 숨 쉬는 모든 순간이 괴롭고 처절하다 할지라도, 어떻게든 그 순간을 지나오기만 하면 우리는 그 순간들을 딛고 더 눈부신 곳을 향해 날아오를 수 있다. 그리고 그때는 알 수 있다. 내 세상을 버겁게 몰아세우던 그 모든 견딤의 이름들이 사실은 내 손바닥만큼도 크지 않은 것들이었다는 것을.

# 그대로 눈부신 너에게

다 놓아 버리고 싶을 때가 있지. 많은 것을 견디며 살아온 것 같은데 자신 있게 이루었다고 말할 것도 없고 그저 막연히 모든 것이 지치고 버거워서 전부 내려놓고 도망치고 싶을 때가 있지. 네가 홀로 어떤 세상을 짊어지고 있는지 내가 전부 헤아릴 순 없겠지만, 친구야 세상이 아무리 뭣 같고 가슴 서러워도, 견디고 또 견디다 보면 결국, 좋은 날이 한 번은 오지 않겠니. 멀리 돌아보면 대견스럽고 기특해서 웃음 짓게 될 그날이 언젠가 한 번은 가득히 빛나 오지 않겠니. 그러니까, 세상 사는 일이 남루해도 서로의 밤을 기꺼이 나눠 붙들며 이번 생을 천천히 비춰 보자, 우리.

제3장

견뎌 온 날들

# 별빛 속에 있다 할지라도

만일 내가 쏟아지는 별빛 속에 있다 할지라도
질끈 두 눈을 감고서 그 빛을 바라보지 않는다면
그곳은 아무 빛도 의미도 없는 어둠 속에 불과하다
그러나 내가 다만 어둠 속에 잠겨 있다 할지라도
내 안에 빛을 그려 담대히 걸음을 내디딘다면
그곳엔 내 삶 가장 찬란한 아침이 움터 온다
모든 것은 내 의지만큼만 변화하고 빛난다

# 그때

오랜 날을 생각했다
모든 일에는 때가 있으니
조금만 더 참고 기다리다 보면
지금보다 더 좋은 때가 올 거라고
그러면 나는 준비한 모든 걸 안고서
세상 가장 먼 곳까지 날아가겠노라고
그러는 사이 꽃잎이 지고 바람이 멎고
해는 저물었다 텅 빈 가슴 움켜쥔 채로
불 꺼진 밤하늘을 하릴없이 바라보다가
다시 한번 구겨진 날개를 펴며 말했다
정말 조금만 더 참고 기다리면 된다고
저 넓은 하늘을 맘껏 날 수 있는 때가
가장 완벽한 그때가 분명 나에게도
반드시 나에게도 찾아올 거라고
그러나 날개는 펴지지 않았고

마침내 깨닫게 되었다

내가 지나온 모든 날이
바로 그때였다는 걸

# 걱정하지 말고 가라

2011학년도 대학수학능력시험이 막 끝났을 무렵, 친구 S는 말했다. "나 재수하려고." 학급에서 언제나 중하위권에 머물던 S였기에, 그의 당찬 선언에도 불구하고 다른 친구들은 네가 무슨 재수냐며 S를 놀려 댔다. 시간은 흘러, S는 수도권 전문 대학 토목과에 야간 반으로 진학하게 되었고 친구들은 그를 비웃으며 말했다.

"거봐, 네가 무슨 공부냐 그 시간에 일했으면 돈 천이라도 모았지."

친구들이 농담 반 진담 반으로 그를 술자리 안주 삼을 때마다 그는 그저 하얗게 웃음 지을 뿐이었다. 이후로 각자의 생활이 바빠져 S를 포함한 다른 친구들과도 서로의 소식이 뜸해졌다.

스물한 살 겨울, 논산 훈련소에 들어가기 일주일을 앞두고 친구 S와 연락이 닿아 그를 만났다. 남들보다 일 년이 늦어 이제 갓 1학년 학기말 고사를 마치고 얼마 전 종강했다는 S의 안부는 흥미롭고 기뻤다.

토목과에서 수석을 차지했는데 이제 물리 치료과로 전과하게 되어 다음 학기부터는 물리 치료과를 다니게 될 예정이라는 것이었다. S가 다니던 전문 대학의 물리 치료과는 전통이 깊어 많은 사람이 인정하고 취업이 보장된 학과였다. 그의 소식을 전해 들은 나는 정말 잘됐다며 그의 어깨를 다독여 줬다. 이후로 다시 몇 년의 시간이 여지없이 흘러갔다. 그러는 동안 나는 학교를 두 번 자퇴했고 묵직한 학자금 대출을 짊어진 채 산전, 수전, 공중전을 겪으면서도 네 권의 책을 펴내는 지독한 글쟁이가 되어 있었다.

학창 시절 함께 몰려다니며 청춘에 낙서하던 친구 중에는 호주로 워킹 홀리데이를 떠났다가 미국인 애인을 만나 정착해 버린 녀석도 있고, 다니던 대학교를 때려치우고 만화를 그리다가 경찰 공무원을 준비하러 노량진에 들어간 녀석도 있고, 군대 말년에 무료해서 시작한 운동에 매료되어 복학 후 체대 과목을 복수 전공하고 이제는 헬스 트레이너가 된 녀석도 있고, 애인을 따라 처음 갔던 교회 부흥회에서 성령 부름을 받아 지금은 목회자가 되기 위해 신학대를 다니는 녀석도 있다.

다들 같은 하늘 아래에서 저마다 별난 세상을 꾸려가고 있지만, 내가 아는 모두를 통틀어 가장 인상 깊은 인생을 살아가고 있는 것은 단연, S다.

물리치료과로 전과 후, 그곳에서도 장학금을 받으며 학교에 다닌 그는, 대학을 졸업하자마자 의무병으로 군에 입대했고 전역 후에는 대학 교수님의 추천으로 명망 높은 병원에서 물리치료사로 일을 시작했다. 병원에 다니면서는 야간 대학을 수강해 학사를 취득했고, 이후에는 석사 과정까지 밟았다. 그리고 그게 끝이 아니었다.

수년간 병원 근무와 공부를 병행하면서도 언제나 흐트러짐 없는 성실한 태도로 환자와 모두를 대하는 S의 모습에 좋은 인상을 받은 대학원 랩실 외래 교수님은, 자신이 교수로 재직 중인 대학에서 학생들을 가르쳐 보는 것이 어떠냐고 S에게 교수직을 추천했고, S는 이제 대학에서 학생들을 가르치는 젊은 교수가 됐다. 불과 몇 년 전, 모두에게 놀림 받았던 S가 이렇게 멋진 녀석이 되리란 사실을 과연 그 누가 짐작할 수 있었을까.

나는 아직도 누군가가 나에게 '사람 일은 한 치 앞도 알 수 없는 것'이라고 이야기할 때면 가장 먼저 S가 떠올라 가슴이 두근거린다.

새로운 도전을 시작할 때 두려움이 앞서는 것은 당연한 일이다. 남들보다 뒤처지는 것은 아닌지, 내 무모한 용기에 지켜 온 다른 것들을 잃어버리게 되는 것은 아닌지, 장담할 수 없는 순간들이 막연하기 때문이다. 하지만, 똑같은 하늘 아래 있다고 해서 우리가 모두 똑같은 인생을 살아가는 것은 아닌 것처럼, 한 사람 한 사람 각각의 인생에는 저마다의 방향과 저마다의 속도가 존재한다. 내가 선택한 길과 내가 내딛는 발걸음을 믿고 담대히 앞으로 나아갈 때 비로소 알 수 있다.

내가 극복해야 하는 두려움의 크기가 내 몸집의 크기와 정확하게 일치한다는 것을.

내가 견뎌내야 하는 것은 결국, '나 자신' 한 사람의 무게이다. 비록, 지금 당장은 나 홀로 한참 뒤처지는 것처럼 보일지도 모르지만, 손바닥을 펼쳐 나의 삶 하나만을 올려놓고 보았을 때 내가 용기 내어 새로운 세상의 문고리를 돌리는 바로 그 순간은, 언제나 내 인생에서 가장 빠른 때가 아닐 수 없다. 지금 이 순간에도 나는 내 삶 가장 젊고 가장 눈부신 순간을 지나고 있다. 무엇이든 이루어낼 수 있는 가장 완벽한 오늘에 살고 있다.

그러니 그대, 걱정하지 말고 가라. 그대가 어떤 것을 상상하든, 그보다 훨씬 더 무한한 가능성이 이미 그대 안에 있다.

# 운명의 주사위

할 수 있는 최선을 다하되
결과는 운명의 주사위에 맡기는 것
정말 슬픈 일은 실패하는 것이 아니다
할 수 있음에도 불구하고 하지 않아서
운명에 맡길 것이 아무것도 없을 때다

# 길 잃은 너에게

여행을 하다 보면 종종 길을 잘못 들곤 해. 가고자 하는 방향과 정반대로 향하는 열차에 오른다든지, 배차 간격이 서너 시간도 넘는 버스에서 잘못 내려 꼼짝없이 시간을 소모하게 된다든지 하는 일 말이야. 그런데, 돌이켜 생각해 보면 신기하게도 꼭 그런 순간들이 기억에 남더라. 예상치 못한 상황을 맞닥뜨려 고생했던 날, 갈피를 잃어 그저 주저앉고만 싶었던 날.

가끔. 아니, 자주 길을 잃는 너에게 나는 말해 주고 싶어. 이따금 길을 잃어버리곤 하는 일, 그거 썩 나쁜 것만은 아니라고. 오히려, 그런 순간들이 네가 너다울 수 있는 곳으로. 더 근사한 순간으로 너를 데려가 줄지도 모른다고. 그러니 길 잃은 너를 부추기지 않아도 괜찮다고. 미워하지 않아도 괜찮다고.

# 눈을 맞추다

강변을 수놓은 저 하얀 풀꽃도

고개 너머 아스라이 저무는 노을도

만 척 밤하늘 환히 비춰 오는 달빛도

잠시 걸음을 멈추고 두 눈을 맞출 때

비로소 하나의 의미로 빛나기 시작해요

잠시 가쁜 숨을 고르고 주위를 둘러봐요

지금 당신은 꽤나 멋진 순간순간을

지나오고 있는지도 몰라요

# 삼겹살 한 점처럼

밤이 자주 희게 번지던 여름. 이맘때쯤의 나는 늦은 새벽까지 밀린 일기를 몰아 쓰거나, 문학 공모전 공고와 아르바이트 공고 사이에서 무릎을 찧곤 했다. 냇물처럼 흐르는 시간을 냇물쯤으로 여기며 나에게 주어진 젊음을 한껏 낭비하고 있었다.

뭔가 대단하진 않더라도 부끄럽진 않은 줄 알았는데, 여기저기서 친구들의 취업 소식 같은 게 들려올 때마다 어쩐지 손바닥으로 얼굴을 가린 채 쫓기는 심정이 되어갔다. 사실 따지고 보면 주변 누구도 나를 나무라거나 부추긴 적 없는데. 월급날이라며 기어이 나를 불러내 고기를 사주는 친구들이 고맙고 미안하면서도 나를 움츠러들게 했다.

그즈음의 나는 주로 도서관 지하 식당에서 삼천 원짜리 백반을 먹었다. 이마저도 부담인 날이면 동사무소에서 나눠준 라면이나 사다 놓은 삼분 카레 같은 걸 주로 먹었다. 그런 탓에 친구들이 불러내는 외식 자리가 불편하면서도 결국엔 나갈 수

밖에 없었다. 주식이 라면과 삼분 카레인 사람에게 고기는 종종 꿈에서나 맛볼 수 있는 환상의 음식이었으니까.

어느 저녁, 한 친구로부터 연락이 왔다.

"욥아, 밥은 먹었냐"

온종일 제대로 된 끼니를 해결하지 못한 상태였지만, 미안한 마음을 더는 견딜 수 없어 조금 전에 먹었다고 대답했다. 그러자, 친구가 말했다.

"괜찮으니까, 그냥 나와."

나는 어렸을 때부터 빚지고는 못 사는 성격이었다. 먼저 나서서 큰 호의를 베풀지는 못하더라도 누군가로부터 호의를 받으면 반드시 그에 준하는 만큼으로 갚아주었다. 그래야 두 발 뻗고 잘 수 있었다. 그러나, 그때의 나에게는 받은 호의를 당장 갚아줄 능력이 없었다. 고맙다는 말을 셀 수 없이 해도, '나중에 갚으면 되겠지.' 하는 마음을 잊지 않고 지내도. 성향적으로 철면피가 아닐뿐더러, 물질적으로 받은 것에 대한 진정한 보답은 결국, 고마움이 동봉된 '물질적인 것'이라 여겼기 때문이다. 그러나, 친구는 나의 이런 성향까지 전부 알고 있었다.

집 근처 고깃집에서 친구를 만났다. 우리는 둘이서 삼겹살 사 인분을 주문했다. 너무 많은 거 아니냐며 미안해하는 나에게 친구는, "남으면 가져가서 너 먹으면 되지."하며 덧붙여 이렇게 말했다.

"요비야, 미안해하지 마.
친구끼리 밥 좀 얻어먹을 수도 있지.
나중에 잘되면 그때 더 맛있는 거 사줘."

친구의 한마디는, 거듭된 생활고로 마음이 동나있던 내게 벼랑 끝 금빛 동아줄과도 같은 위로가 되었다. 기울어가는 마음을 조건 없이 붙잡아준 친구의 따뜻한 마음. 이날, 알았다.

지척 어둠 속에서 길을 헤매고 있을 땐, 한 조각 별빛만 밤하늘에 떠 있어도 크나큰 위로가 된다는 걸.

우리가 가게를 나왔을 땐 너머 언덕 위에 사나운 태양 대신 크고 흰 초승달이 걸려 있었다. 먼저 들어가라 말하는 친구를 구태여 역까지 바래다주고 발길을 돌리려는데, 불쑥 눈앞이 흐려져 손톱으로 손바닥을 꾹꾹 눌렀다. 그리고 다짐했다.

더 나은 내가 되자고.

그래서 나도, 쓸쓸한 세상 길 또 다른 누군가에게 때로는 별빛처럼 눈물겹게 따뜻하고, 때로는 삼겹살 한 점처럼 그지없이 든든한 그런 존재가 되어 보자고. 나도 한번 그래 보자고.

## 당신이 지켜준
## '나'라는 세상

유난히 추웠던 주말 밤이었다. 이상하게도 소화가 잘되지 않아 종일 빈속으로 하루를 보냈던 그날은, 모 문예지에서 청탁받은 글 작업에 참고할 자료를 찾기 위해 종일 도서관에서 시간을 보냈다. 창밖을 보니 어느덧 해가 저물어가기에 나머지는 돌아가 마무리할 생각으로 서둘러 집으로 향했다. 그때쯤이었던 것 같다.

왼쪽 가슴이 바늘로 쿡쿡 찌르듯 아프기 시작했다. 밤이 깊어갈수록 통증은 점점 더 심해져 팔뚝과 등까지 저렸다. 당시에 나는 홀로 자취를 하고 있었는데, 순간 내 머릿속에는 '한파 속 골방에서 홀로 생을 마감한 이십 대 청년의 안타까운 사연' 같은 불온한 상상 속 헤드라인들이 스쳐 지나가고 있었다.

당장 병원에 가야 할 것 같았다. 그러나, 주말 밤에 여는 병원이라곤 2차 병원급 응급실뿐이고, 수중에는 현금 2만 원이 전부였다. 나는 어쩔 수 없이 엄마에게 전화를 걸었다.

"엄마, 나 가슴이 너무 아파. 병원에 가야 할 것 같은데, 십만 원만 보내줄 수 있어?"

엄마는 잠시 말을 삼키더니, 이내 나를 타이르듯 대답했다.

"어떡하지, 엄마도 돈이 없네. 월요일까지 조금만 참아보면 안 될까?"

왜 그랬을까, 엄마의 대답을 듣는 순간 나는 엄마에게 화를 내고 말았다.

"아니… 나 지금 아프다니까? 아, 진짜 지긋지긋하다. 끊을게."

나는 잘 알고 있었다. 엄마에게 이러면 안 된다는 걸. 내가 당장 병원 응급실에 갈 돈이 없는 것은 순전히 내가 생산적인 일을 하지 않아서라는 걸. 엄마가 부모로서 무능해서가 아니라, 내가 성인으로서 내 몸 하나 간수하지 못할 만큼 무능해서라는 걸. 내 멋대로 살겠다고 비싼 등록금 내며 들어간 대학교를 때려치운 것도 나고, 실력도 없으면서 형편도 안 되면서 글을 전업으로 삼은 것도 나다. 내가 지금처럼 남루한 상황에 처하게 된 원인은 전적으로 나에게 있었고, 이러한 사실을 나는 누구보다 잘 알고 있었다. 그러나, 나는 원망의 화살을 괜한 엄마에게로 돌려버렸다.

서러웠다. 정말, 참을 수 없을 만큼 서럽고, 부끄러워서 쿡

쿡 쑤셔오는 아픈 가슴을 주먹으로 하염없이 때리며 울어버렸다. 그런데 그때, 엄마에게 다시 전화가 왔다.

"아들, 엄마 지금 택시 타고 갈 테니까. 조금만 기다려. 병원 가자."

얼마나 급히 뛰어오고 있었는지 수화기 너머 속 엄마는 거친 숨을 몰아쉬고 있었다.

병원 응급실에 도착해 심전도를 찍고 몇 가지 검사를 했다. 검사 결과, 심장 좌심실 쪽에 전기 자극이 조금 약한 것을 제외하고는 특별한 이상은 없다고 했다. 몸의 컨디션이나 심리적인 요인일 가능성이 크다고 했다. 계속 통증이 심해진다면 정밀 검사를 해야 하겠지만, 아니라면 충분한 안정을 취하는 것만으로도 금방 괜찮아질 거라고 했다.

괜찮다는 의사의 말을 듣자, 정말로 다 괜찮아진 것만 같은 그런 기분이 들었다. 그렇게, 알 수 없는 패드를 흉부에 부착한 채로 나는 한 시간 정도 더 응급실 침대에 누워있었고, 내가 누워있는 동안 엄마는 내 옆자리에 앉아 당신의 두 손을 질끈 감싸 쥔 채로 하염없이 기도할 뿐이었다. 의사로부터 집에 가도 좋다는 말을 듣고서, 엄마와 나는 응급실 수납처로 갔다.

수납처에서 이름이 호명되고, 엄마는 수납처로 가 병원 직원과 무어라 대화를 나누더니 다시 내 옆자리로 돌아와 앉았다. 엄마는 어딘가로 계속 전화를 걸었다. 그렇게 우리는 꽤 오랜 시간을 병원 수납처 앞 대기실에 앉아있어야만 했다. 우리가 앉은 자리로부터 몇 미터 떨어져 있지 않은 병원 출입문이 마치 다른 세상으로 통하는 문처럼 아득히 멀게 느껴졌다.

이날, 처음 알았다. 인생을 살아가는 데 있어서 돈이 필요한 이유는 '행복해지기 위해서'가 아니라, '불행해지지 않기 위해서'라는 것을. 이제 다시는 그저 글을 쓸 수만 있다면, 하고 싶은 일을 할 수만 있다면, 입에 겨우 풀칠할 만큼 가난해도 좋다는 바보 같은 낭만 따위 좇지 않기로 했다.

내가 추구하는 신념이 불행 앞에 선 나 자신과 나의 소중한 사람들을 언제까지고 지켜낼 수 없다면, 내가 굳게 믿고 있는 이 신념은 끝끝내 꿈이라는 눈부신 허상에 불과할 수도 있다는 것을. 현실을 지켜낼 수 없는 이상은 돌이킬 수 없는 상처와 이기심을 낳을 수 있다는 것을. 전력을 다하지 않으면 결국 내 꿈에 내 모든 것이 삼켜질 수도 있다는 것을 나는 이날로부터 배웠다.

집으로 돌아가는 길, 시간은 자정을 훌쩍 지나 거리는 따뜻하고 우울한 가로등 불빛으로 출렁이고 있었다. 엄마는 나보다 두어 걸음 앞서 어둑해진 새벽 거리를 하얗게 걸어갔다. 내가 성인이 되어 처음으로 바라본 엄마의 뒷모습은, 마른 나뭇가지처럼 야위어 있었다. 나는 자꾸 흐려지는 두 눈에 애써 주먹 쥐며 엄마의 조그맣고 무한한 어깨너머로 펼쳐진 밤하늘에 가만히 되뇌었다.

그 어떤 경우에도 불행해지지 않는 문장을, 단단한 삶을,
당신이 당신의 전부를 걸어 지켜주었던 내 세상과,
내 이름자 위에 써 가겠노라고.

# 산다는 것

당장 나에게 어떤 일이 닥칠지 모르지만
전부 내려놓고 떠나야 하는 날이 왔을 때
아쉬움에 몸서리치지 않도록 내 이름 아래
의미 있는 대목들을 열심히 기록해 두는 것

# 눈물의 형태


울고 싶어질 때가 있지
아무리 생각해도 아무 이유 없이
가만히 내밀어 오는 손길들 아무래도 밉고
참을 수 없는 온기와 다정 그 무구함이 밉고
차곡차곡 타인이 되어 가는 쉬운 밤이 밉고
늘어난 옷을 입고 누구도 찾을 수 없는
어딘가로 흘러내리고 싶을 때가 있지
하나하나 켜지는 가로등 더운 불빛
하나둘 훔쳐 감은 눈 끝에 매달고
어둠을 달리고 싶을 때가 있지
울고 싶어질 때가 있지
아무 이유 없이
이유 없이
혼자,

툭

# 사람만이
# 할 수 있는 일


벌써 며칠째 가슴이 꽉 막힌 듯 답답하고 우울하다. 나는 현재 전업으로 활동 중인 작가이자, 작사가이자, 프리랜서. 프리랜서는 정해진 시간에 출근하지 않아도 되는 장점이 있지만, 여러 작업의 마감일이 겹칠 경우 시간과 장소를 불문하고 일을 해야 하는 단점이 있다.

하루는 들어온 작사 작업을 밤을 새워 마감하고 당일 아침에 안동으로 여행을 떠난 적이 있는데, 점심 즈음이 되자 아티스트의 A&R에서 다시 연락이 왔다. 오늘 오전에 보냈던 가사를 내일 오전까지 수정해달라는 요청이었다.

누적된 밤샘 작업과 더불어 이른 아침부터 장시간 운전을 한 터라 이미 내 육체와 정신은 말할 수 없을 만큼 피로에 절어 있었지만, 어쩌겠는가? 혹한의 불모지를 몸소 살아낸 삼류 작가에겐 연락 오는 작업 하나하나가 그저 소중한 것을. 나는 흔쾌히 수정해서 보내겠다 답하곤 안동에서 내내 작업을 하다 완전히 녹초가 된 상태로 돌아왔다. 그러니까, 그때 안동에서 느꼈던 정신적 코마 상태에 가까운 그런 피로감이, 계속해서 나를 잠식해 가고 있었다.

학창 시절 국어 시간에 읽었던 「운수 좋은 날」의 '김첨지'라도 된 것처럼, 이상하게도 하나를 끝내면 하나가 새로 들어오고, 또다시 하나를 끝내면 곧이어 새로 작업이 들어왔다. 나는 그렇게 연달아 여러 아티스트의 곡에 가사를 썼다. 앞서 말했지만, 나는 무명 시절의 빈곤과 소외를 뼈저리게 겪은 탓에 그저 작업 제의가 들어온다는 사실에 감사하며 한 곡이라도 더 픽스를 받기 위해(대부분의 작사 작업은 경쟁 방식으로 이루어진다. 아티스트가 소속된 제작사에서 곡을 선정하고 A&R을 통해 작사가들에게 배포한 뒤 쓰인 가사를 수집해 채택하는 식이다.) 매번 간절한 마음으로 작업했는데, 때로는 이 간절함이 나를 너무 목 졸라 괴롭게 했다.

뛰어난 실력과 노하우를 겸비한 기성 작사가들과 견주기 위해서는 내 부족한 실력을 '작업에 할애하는 시간'으로 때우는 수밖에 없다고 생각한 나머지 더 나은 한 소절을 쓰기 위해 한 노래의 똑같은 구절을 수백 번씩 반복해 듣다 보면 강박에 사로잡혀 불면, 무기력증, 역류성 식도염, 과민성 대장증후군에 시달리기 일쑤였다. 그중에서도 특히 힘든 것은 불면이었다.

정신이 탈진한 상태에도 불구하고 자려고 누우면 각성 상태
가 지속돼 머릿속에선 사유가 끊임없이 가지를 뻗어나갔다. 어
렵게 수면에 이르더라도 좌뇌, 우뇌를 장시간 달궈놓은 탓인지
불과 1~2시간 만에 잠에서 깨는 일이 부지기수였다.

그렇게, 힘겨운 몇 주가 눈 깜짝할 사이에 흘러갔고 이제야
겨우 모든 작업이 끝났는데, 나는 이제 하는 일도 없으면서 피곤
하고 무기력하다. 오늘도 오전 9시가 다 되어서야 겨우 잠자리에
들 수 있었는데, 아니나 다를까 2시간도 채 못 자고 잠에서 깨
버렸다. '그래, 이참에 밤낮이라도 정상적으로 되돌려보자' 하는
마음으로 가벼운 샤워 후 거울 앞에 섰다가 화들짝 놀랐다.

광대에 걸려버린 다크서클, 벌겋게 충혈된 두 눈, 덥수룩해
진 머리칼 사이로 무수히 보이는 새치. 상할 대로 상해버린 몰
골을 마주하고 나니, 문득 형용할 수 없는 속상함이 밀려왔다.
나는 완전히 지쳐버렸고, 내 모습은 마치 영혼이 텅 비어버린
시체 같았다.

밥, 따끈한 국밥 한 그릇이라도 당장 들이켜야 살 수 있을
것 같았다. 서둘러 옷을 입고 집을 나섰다. 그러고선 아이러니
하게도 나는 국밥집이 아닌, 미용실에 들어갔다.

"머리를 좀 하고 싶은데요…"

헤어디자이너는 커다란 책자를 가져와 내 앞에 펼치곤 나에게 어울릴 법한 헤어스타일에 대해서 친절히 설명하고 추천해 줬다.

"이 색으로 염색해주세요."

나는 책자 맨 아래 나열된 머리색 중 가장 밝은색(노란빛이 옅게 섞인 하얀색)을 가리키며 말했다. 그러자 헤어디자이너가 말했다.

"그 색상은 애쉬 블론드인데요. 탈색을 적어도 3회 이상은 해야 하고 토닝 작업도 들어가야 해서 머리카락에 손상이 많이 갈 텐데 괜찮으시겠어요?"

왜 그랬는지 모르겠지만 나는 상관없으니 해당 색으로 해달라고했다. 그렇게 내 인생 첫 탈·염색이 시작됐다. 머리에 약제를 도포하자 고무 탄내가 코끝을 찔렀다. 냄새를 맡자 이상하게 가슴이 두근거리고 금방이라도 웃음이 터질 것만 같았다. 그러니까, 지금 나는 국밥을 먹으러 나왔다가 갑자기 발길을 돌려 미용실에 들어와선 머리를 금발로 염색하고 있는 것이었다. 개연성이라곤 찾아볼 수 없는 내 행동에 자꾸 코웃음이 났다.

끼니도 거른 채 미용실 의자에 앉아 반나절을 보내고 나서야 염색 작업이 끝났다. 미용 가운을 벗고 자리에서 일어나 거울에 비친 내 모습을 바라보는데.

뭐지, 이 참신한 얼굴은.

거울 속에 웬 낯선 사람이 들어 있었다. 나인데 내가 아닌 것 같은, 처음 느껴보는 이질감. 헤어스타일의 변화 하나만으로도 기분을 환기할 수 있다는 이야기에 대해서 나는 처음으로 고개를 끄덕일 수 있게 되었다(물론, 다음 날 거울을 보며 '내가 미쳤지!' 하고 엄청난 후회를 느꼈지만, 아마 그날의 나에게 이보다 더 완벽한 기분전환은 없었을 것이다).

그동안의 나는, 내가 스트레스 같은 건 받지 않는 사람인 줄 알았다. 내가 원하는 일을 하고 있고, 그 일로부터 얻는 성취감을 통해 모든 피로와 괴로움을 해소할 수 있다고 믿어왔기 때문이다. 그러나, 알게 모르게 차곡차곡 누적된 스트레스로 인해 나는 온 마음이 고장나 있었다.

열심히 일했으니 하루 이틀은 마음 편히 좀 쉬고 놀며 재충전을 해줘야 하는데, 제대로 쉬는 법도, 제대로 노는 법도 나는 알지 못했다. 성향적으로 술이나 클럽 같은 유흥을 싫어할뿐더러, 누군가를 만날 체력도, 어딘가로 여행을 떠날 여유도 없었기 때문이다. 그런데, 이제는 알게 되었다. 기분전환이라는 게 참 별거 아니라는 거.

기분전환이라고 하면 음주·가무, 쇼핑, 여행, 게임, 종일 잠자기 같은 걸 떠올릴 법한데 이것들 말고 나에게 딱 맞는 기분전환법을 찾는 방법이 있다. 바로, '사람만이 할 수 있는 일'을 하는 것이다.

우리는 일을 하는 동안, 혹은 일상을 지내는 동안 지나치게 '합리적인 것'과 '이성적인 것'을 추구한다. 정해진 일정과 시간에 따라 한 치의 오차도 없이 과정과 결과가 시나리오대로 흘러가기를 강요받고 강요한다. 우리는, 사람은, 기계가 아닌데 마치 기계인 것 마냥 수학적으로 사고하고 행동한다. 바로 이때, 스트레스가 쌓인다. 피로가 쌓이고, 머리에 가슴에 묵직하고 끝없는 통증이 유발된다. 사람은 기계에 가까워질수록, 인간에서 멀어질수록, 여기저기 병이 나기 시작한다. 이걸 해소하기 위해서는 기계는 못 하는 일. 다시 말해, 오직 사람만이 할 수 있는 일을 하면 된다.

기계는 구태여 미술관을 찾아 미술 작품을 감상하지 않는다. 기계는 좋아하는 가수의 콘서트에 가기 위해 돈과 시간을 쏟지 않는다. 기계는 혼자 다 먹지 못할 걸 알면서 피자, 치킨, 족발을 한꺼번에 주문하지 않는다. 기계는 할 일도 없이 카페에 앉아 스트로베리 초콜릿 생크림 케이크와 아메리카노를 먹지 않는다. 기계는 내 마음을 공감해줄 한 문장을 찾기 위해 서점에 들러 책을 구매하지 않는다. 기계는 목적지를 국밥집으로 정하고 미용실로 향해 헤어스타일을 바꾸지 않는다.

마치 돌덩이를 얹어 놓은 것처럼 가슴이 답답하고 우울하다면, 기분전환이 필요한데 기분전환하는 법을 도무지 모르겠다면, '평소의 나'라면 하지 않았을 무언가. 어떻게 보면, 아주 비합리적일지도 모르는 바보 같은 그 무언가를 실천해 보도록 하자. 왜냐하면 그것은, 내가 이 삭막한 세상 속에 남겨둔 '가장 인간적인 모습의 나'이기 때문이다.

# 양말 한 짝

　빨래를 건조대에 전부 널고 나서 보니, 바닥에 양말 한 짝이 떨어져 있었다. 그걸 집어 다시 건조대 위에 올려놓는데 그 순간, 옷가지의 무게를 견디지 못하고 건조대 다리가 부러져 버렸다. 삽시간에 난장판이 된 거실. 망연자실한 채 바닥에 나뒹구는 옷가지를 바라보다가, 불현듯 생각이 들었다. 사람의 마음도 마찬가지일 거라고. 정작, 마음을 무너트리는 일은 크고 대단한 일이 아니라, 말로 표현하기 서러울 만큼 작고 사소한 일일 거라고. 마치, 양말 한 짝처럼.

# 아무도(島)

　아무도 없는 바다에 가고 싶다. 아무도 없는 바다에서 아무렇게나 부서지는 파도와 흩어지는 구름을 바라보고 싶다. 아무렇게나 걷고 싶다. 하릴없이. 방향 없이. 멋없이. 끝없이 열린 모래사장을 맨발로 걷고 싶다. 아무 데나 주저앉아 모래 위에 아무 이름이나 적고 싶다. 아무 이름을 보폭 넓은 파도에 흘려보내고 싶다. 하루 아니 반나절만이라도 그러고 싶다. 그러다, 우연히 마주친 당신이 나에게 "여기서 뭐 해요?" 하고 물으면 세상에서 가장 행복한 표정으로 대답하고 싶다.

　"아무것도 안 해요."

# 러너스 하이

어떤 운동이든 좀 제대로 해보려 마음먹으면 여기저기 다쳐
버리는 탓에 스무 살 초반에 탔던 스케이트보드 이후로는 그다
지 운동을 즐겨 하지 않았다. 그러나 늘어나는 뱃살과 쉽게 퍼
지는 체력을 더는 두고 볼 수 없어 알아보던 중 지인의 소개로
한 레포츠 동호회에 나가게 되었다.

동호회는 활동 때마다 매번 다른 스포츠를 즐겼는데 대개
클라이밍, 수영, 마라톤처럼 큰 비용이 필요하지 않고, 초심자
도 쉽게 접할 수 있는 종목 위주였다. 나는 그중에서도 마라톤
을 가장 좋아했다.

런닝화를 신고, 주최 측에서 나눠준 티셔츠를 입은 뒤 가슴
팍에 출전 번호표까지 붙이고 나면 심장은 쉴 새 없이 쿵쾅거
리기 시작한다. 수천 명의 러너와 함께 선 출발선에서 신호탄이
쏘아지면 쿵쾅거림은 이내 활력으로 치환되어 머리부터 발끝까
지 스파크가 튀어 오른다.

사실, 첫 번째 마라톤의 기억은 조금 끔찍했다. 정말이지 모든 체력과 정신력을 소모해 아름다운 레이스를 펼쳤는데, 내 완주 기록이 유소년 참가자들의 수준이었기 때문이다. 이날 대회에 참가한 성인 남성의 10킬로 평균 기록은 50분. 그러나 내가 10킬로를 뛰는 데 걸린 시간은 1시간 45분. 동호회 모든 참가자를 통틀어도 단연 꼴찌였다. 게다가, 오버페이스를 했는지 다음날 몸살까지 나 며칠을 앓아누웠다. 그간 운동과 담쌓고 지내왔기에 체력이 안 좋을 거라 어느 정도 예상은 했지만, 이 정도로 처참할 줄은 몰랐다. 그런데 첫 마라톤의 충격으로 내 삶에 변화가 찾아왔다. 꾸준히 러닝을 뛰어 보기로 마음먹은 것이다.

밤이면 집 근처에 있는 공설운동장에 나가 트랙을 한 시간씩 뛰었다. 처음에는 가벼운 걸음으로 5분만 뛰어도 숨이 차고, 머리가 어지러워 오바이트가 쏠릴 것 같은 느낌마저 들었다. 뛰고 난 이후에도 몸 여기저기에 알이 배어, 그냥 걸음을 내디딜 때도 악! 소리가 절로 나왔다. 그런데 그렇게 열흘을 뛰었더니 신기하게도 몸이 적응하기 시작했다. 조금만 달려도 급격히 차오르던 숨이 이제 이십 분 정도는 거뜬하게 소화해내고 있던 것이다. 인간은 적응의 동물이라는 말에 새삼 감탄하며 열심히 페이스를 늘려 가고 있던 어느 날 밤, 나는 아주 신비로운 체험을 하게 되었다.

한 사십 분쯤 내달렸을까? 당장에라도 멎을 것처럼 헐떡거리던 숨이 갑자기 가벼워지면서 온몸에 경쾌한 기분이 들었다. 찢어질 듯 아파오던 가슴의 통증도 사라졌다. 마치, 다리에 날개라도 단 것처럼 발걸음 하나하나가 깃털처럼 가뿐하고 상쾌했다. 기분이 너무 좋아서 막 어쩔 줄 모르고 양팔도 리듬에 맞춰 좌우로 웃차웃차 흔들어줬다. 야밤에 혼자 실실 웃으며 팔다리를 문어발처럼 휘저어댔으니. 아마, 모르는 사람이 봤으면 반쯤 미친 사람으로 여겼을 것 같다. 아무튼, 쉬지 않고 수십 분을 뛰었으니 힘들어 죽을 것 같아야 마땅한데, 지치긴커녕 힘이 넘쳐 흘러 언제까지고 달릴 수 있을 것만 같은 기묘한 체험이었다.

집으로 돌아와서 인터넷을 검색해보니, 이런 현상을 '러너스 하이(Runner's High)'라 부른다고 한다. 미국의 심리학자 A. J. 맨델이 1978년 발표한 논문에서 처음 언급된 용어로 달리기 애호가들이 느끼는 도취감이라고 하는데, 운동의 강도가 점차 높아져서 끝내 무산소 상태에 이르게 되면 뇌하수체 전엽에서 분비되는 엔도르핀이 급증해 생겨나는 현상이라고 한다. 쉽게 말해, 오랫동안 달리기를 하면 신체가 고통을 잊게 하려고 엔도르핀을 생성해 내는데, 이것이 일정 수준을 넘으면 대체 불가

한 강렬한 쾌감으로 변한다는 것이다.

아, 잠시 잊고 살았다. 불행 속에 행복이 있고, 고통 속에 성장이 있다는 사실을. 아무것도 도전하지 않았으면서, 아무것도 견디려 하지 않았으면서, 세상 편한 방향으로만 돌아누웠으면서. 내겐 아무 일도 생기지 않는다고, 내 삶은 멈춰버린 심장인 것만 같다고 그저 투정부리기 바빴구나. 불과 며칠 전까지만 해도 사는 일이 이젠 제법 시시하다고 토로하던 내 모습들이 불현듯 떠올라 부끄러운 마음이 들었다. 그래, 시린 겨울이 없었다면, 따사로운 봄빛 아래 만화방창 무르익는 어린 꽃들의 소중함도 없다. 반지하 한 뼘 남짓한 그 방에서의 어둡고 허름한 시절이 없었다면, 여기 내 앞에 김 모락 서려오는 흰 쌀밥과 고기반찬의 소중함도 없다. 그것이 무엇이었든, 내가 그것을 견뎌냈기 때문에 지금 이 순간을 온전히 순간으로서 나는 생동할 수 있는 것이다.

그날 이후로 무언가 가슴이 꽉 막힌 기분이 들 때면, 신발끈을 고쳐 묶고 어둑해진 운동장을 하릴없이 내달리곤 한다. 나를 가로막고 있는 문제와 달리기는 아무런 관련이 없지만, 가슴 터지도록 그렇게 달리고 또 달리다 보면, 어쩐지 전부 나아질 것만 같다. 그런 기분이 든다. 그게 무엇이든.

# 나에게 쓰는 편지

가꾸지 않은 밭에 싹이 나길 기대하지 마라

요행을 바라기에 이번 생은 냉정하고 모질다

너의 두 손에 쥐어진 무한한 가능성을 읽어라

너의 두 발로 애써 나아갈 수 있는 곳까지

그 끝까지 전력을 다해 달려가 보아라

낮과 밤을 정성으로 다루지 않으면

아침은 영원히 오지 않는다

# 사람 꽃

있지, 나는 가슴에 새긴 문장이 하나 있어.

'진실한 언어는 진실한 입술로부터 나온다.'

좋은 문장을 쓰겠다는 것은, 좋은 사람이 되겠다는 선언과 같아. 눈에 보이진 않지만 모든 문장에는 날개가 달려 있어. 문장에는 그것을 기록한 사람의 생각과 사상, 그리고 세계가 배어 있지. 때때로 어떤 문장은 세기를 넘어 살아 숨 쉬면서 세상 모든 이에게 읽히고 전해져 영향력을 미치기도 해. 사람은 죽지만, 문장은 죽지 않고 영원불멸하지. 이건 정말 엄청난 일이야. 하지만 조금 깊이 생각해 보면 그만큼 신중하게 언어를 사용해야 한다는 의미이기도 해. 아무리 보석 같은 언어도 그 언어를 사용하는 사람이 뒷받침되지 않으면 그것은 죽은 언어나 다름없으니까.

내가 만일 방탕하게 생활하면서, 자서전에는 '자아 성찰'과 '절제'에 대해 토로한다면 설득력도 없고, 듣는 사람도 어이가 없을 거야. 언어를 사용하는 사람 본인이 자신의 언어를 전적으로 책임질 수 있을 때, 그 언어에는 힘과 무게가 실리게 돼. 좋은 말, 좋은 문장, 좋은 언어의 뿌리는 결국 좋은 사람일 수밖에 없는 거야.

나는 한때 글만 좇았어. 더 잘 쓰고 싶어서. 더 멋져 보이는 문장을 쓰고 싶어서 표현 자체에 목맸지. 그럴듯해 보이는 수식어만 가져와 껍데기뿐인 문장을 포장하기 바빴어. 그러던 어느 날 밤, 노트에 적힌 내 문장을 천천히 읽어 보다가 문득 온몸에 소름이 돋았어. 내 문장에서 아무런 감정도, 공감도, 생기도 느껴지지 않았거든. 마치, 화려하게 치장한 마네킹을 사람인 양 껴안고 있는 것처럼 말이야. 그때 처음으로 깨닫게 됐어. 내가 지금까지 가짜를 쓰고 있었다는 것을. 나를 공감하지 못하고, 나조차도 책임지지 못하는 그런 문장을 가지고서 나에게, 나아가 누군가에게 거짓 위로를 건네려 하고 있었다는 사실을 말이야.

견딜 수가 없었어. 그래서, 그 당시 문예지에 투고하기 위해 한 달가량 퇴고해 오던 시들을 그 자리에서 전부 찢어서 버렸어. 그리고 다짐했어. 나를 먼저 공감하고, 나를 먼저 위로하고, 나를 먼저 치유할 수 있는 그런 문장을 쓰겠다고.

나는 너에게 '너 자신을 사랑해야 해'라고 말하기 이전에, '먼저 나 자신을 사랑할 줄 아는 사람'이고 싶어. '너는 좀 반성

해야 해' 말하기 이전에, '먼저 나를 돌아보고 반성할 줄 아는 사람'이고 싶어. 믿고 싶어, 싱그러운 꽃에서 코끝을 사로잡는 향기가 나듯, 싱그러운 사람에게선 언제나 마음을 사로잡는 진실한 향기가 난다고.

# 기도

남들의 시선에는 보잘것없어 보일지라도
옳은 것을 선택하고 그것을 끝까지 감당하여
향기로운 열매를 맺을 수 있는 용기를 주세요
나의 열정이 막다른 길을 만나게 되더라도
하찮게 여기지 않고 다만 작은 것이라도
가슴에 새길 수 있는 지혜를 주세요

# 반성

반성한다. 꽁초 줍던 손으로 꽁초 버린 일. 폐지 줍는 옆집
할머니에게 줄 수도세 오천 원이 없어 한동안 할머니를 피해 다
녔던 일. 언제 끝날지 모르는 일 분 일 초의 악몽을 붙잡기 위해
생업과 주변을 외면하고 죽은 이들의 일기장에 노숙하며 몸 안
에 병을 들인 일. 마음 하나 비워 내지 못해 가는 봄 눈길 한
번 주지 않고 뼛속 깊숙이 불안만 피워 낸 일. 사랑하는 이의
조용한 입술 앞에서 함께 침묵한 일. 가뭇한 저녁놀 아래 촛불
같은 그림자가 부끄러워 멀리서 편지만 부친 일. 멍든 비명들에
눈물 흘리며 아무것도 하지 않은 일. 한순간도 버리지 않겠다
말하며 이십 대를 놓친 일. 살기 위해 죽어갔던 일.

# 나에게도 있었다


눈을 보고 사람을 믿을 수 있던 때가 있었다
맞지 않는 신발을 신고 달릴 수 있던 때가 있었다
내일이 어디로 향하는지 몰라도 잠들 수 있던 때가 있었다
포기하지 않음이 결과보다 더 값지다 말할 수 있던 때가 있었다
돌아보면, 내가 나였던 때가 나에게도 있었다

# 무너지는 순간

삶이 무너지는 순간은

버거운 것을 견딜 때가 아니다

매일 견뎠으나,

그것이 무엇인지 모를 때다

# 나의 이십 대

하루에도 수십 번씩 흔들렸어요
내가 기억하는 나의 이십 대는 그래요
그런데 어쩌면 그렇게 흔들리고 부서지며
나에게 맞는 파도를, 나만의 바다를
찾고 있었는지도 모르겠어요

# 미아

어디가 아픈지 몰라서
집을 나섰다

물때 낀 돌담들의 어깨를 돌고 돌아
모란의 끝자락

유월의 밤이 두고 간
낮은 구름들 늦은 안부들

계절은
돌아볼 수 없는 방향으로 흐르고
무제로 남은 전신주의 음계를 따라서
눈가의 주름이 덧칠된다

고개와 고개 사이에서
십자가 같은 것들
오래 머무른다

필요했을까
두 손을 움켜쥘 악력과
한마디와, 한 마디의 틈

어린 날 베어 문 홍시처럼
으스러지는 담장들

잘게 내리는 가랑비에도
팔뚝을 감싸 쥐는 양철 지붕들
덧댈수록 깨지는 창문들
바깥에서 잠긴 녹슨 철문들

그들의 어지러운 이마를
쓸고 돌아 내가 있다

어디가 아픈지 몰라
자꾸 웃어 보이는

우리가 있다

# 지지 않기를 바랍니다

오늘은 모란을 떠나는 날, 가구를 모두 **빼낸** 헌 집을 마지막으로 둘러보다 옛 생각에 잠긴다. 모란에서의 첫 번째 장면은 고등학교 2학년 겨울 어느 버스 안.

엄마와 나는 나란히 차창 밖을 내다보고 있다. 한눈에도 족히 열 개는 보이는 술집과 모텔. 우리는 모란에 새로 살게 될 집을 보러 가는 중이었다. 버스 정류장에 내려 개미굴처럼 뒤엉킨 골목을 헤매 도착한 초록 철문 앞. 엄마는 시청 주택과 직원에게 건네받은 열쇠로 문을 따며 내게 말했다.

"곧 있으면 네 형도 전역하니까. 이제 형이랑 여기서 살면 돼…"

방 두 개, 화장실 하나, 그리고 작은 거실로 이루어진 열 평짜리 반지하. 빛 하나 겨우 드는 새집에는 촌스러운 꽃무늬 벽지와 황토색 장판이 새로 도배되어 있었다. 금광동 반지하에서 성남동(모란) 반지하로 이사 온 것이기에 결국 우리 집은 반지하란 사실에는 변함이 없었지만, 화장실이 집 안에 있다는 것과 내 방이 있다는 것. 이 두 가지 사실만으로도 나는 벅찬 설렘이 느껴졌다. 며칠 뒤, 내 몸집만 한 이삿짐과 여기저기서 얻어온 가구를 꾸려 넣자 새집도 제법 그럴듯한 모양새를 갖추었다.

시간은 빈틈없이 흘러갔다. 내가 대학교에서 1학기를 끝마쳐갈 때쯤, 형은 회사 근처에 방을 얻어 출가했고 나는 모란에서 홀로 지내게 됐다. 독립하면서부터는 이상할 만큼 자주 앓았다. 한 주에 삼사일은 편두통에 시달렸고, 환절기마다 빼놓지 않고 몸살감기에 걸렸다. 그런데 이제 와 생각해보니 비단 몸뿐만이 아니라, 내 세상 전체가 앓았던 것 같다.

이유 없이 거울 앞에 주저앉아 오뉴월의 벚나무처럼 빈손으로 두 눈을 감싸거나, 갈 곳도 없이 집을 나섰다가 자정이 지나서야 돌아오는 날이 많았다. 완전한 탈진 상태로 잠을 청해봐도 시계가 없는 내 방은 나에게 밤도 아침도 어느 하나 쉬이 허락해 주지 않았다. 예고 없는 새벽 비라도 내리는 날이면 마치, 집 전체가 나를 양팔로 붙들고 놔주지 않는 것처럼 온몸이 천근만근이었는데 어쩌면, 집도 나만큼이나 모진 세상이 어지간히 외롭고 서러웠나 보다.

고개를 들어, 여전히 눅눅한 방안을 가만히 쓰다듬어 본다. 나를 설레게 했던 꽃무늬 벽지 곳곳에 멍울 같은 곰팡이가 피어 있다. 내 몸집보다 더 크게 백 년 고목처럼 새겨져 있다.

아아, 이제 나는 가야 한다.

텅 빈 모란 집의 매캐한 공기를 마지막으로 크게 들이마시며 두 손 모아 기도해 본다.

더는 이곳에 아무도 품어지지 않기를 바랍니다. 그러나, 이곳으로 오게 될 저와 비슷한 처지의 누군가가 있겠죠. 이토록 허름한 풍경조차 벅찬 설렘일 또 다른 당신이 있겠죠. 당신의 환멸만큼 이곳이 당신에게 위로가 되어 주기를 바랍니다. 쉽게 허름해지는 방의 내벽만큼 당신의 세상이 단단해지기를 바랍니다. 모든 것을 새것으로 바꾸어도 여기, 이곳은 지지 않는 눈물의 향기로 끝없이 허름할 것입니다. 그러니 이곳을 충분히 원망할 수 있기를 바랍니다. 그리고, 그 원망의 힘으로 당당히 세상에 맞설 수 있기를 바랍니다. 이곳은 당신만큼만 고독하고 당신만큼만 남루할 것입니다. 이곳은 당신이 인내해야 할 당신 자신일 것입니다. 지지 않기를 바랍니다.

부디, 당신도 지지 않기를 바랍니다.

# 나의 이야기


결국 모든 이야기는
나로 시작해서 나로 끝난다
삶은 때로 먼지 같기도 하지만
문득, 아득히 눈부시기도 한 것
그러니 작은 순간을 기억하기를
조금 더 바보처럼 웃어보기를
긴 밤의 끝은 다행일 테니

epilogue

지금껏

늘 그래

왔듯이


　당신이 소중한 사람인지, 소중하지 않은 사람인지. 그것을
규정하는 것은 지위도, 직업도, 돈도, 시험성적도, 인간관계도
아닙니다. 오직, 당신 자신입니다. 무언가에 도전하는 당신이 아
름다운 것처럼 무언가를 포기하는 당신도 똑같이 소중하고 아
름답습니다. 시험을 잘 치른 당신도, 시험을 잘 치르지 못한 당
신도. 돈을 잘 버는 당신도, 돈을 잘 벌지 못하는 당신도. 사랑
받는 당신도, 사랑에 버려진 당신도. 많은 사람과 함께인 당신
도, 홀로인 당신도. 어느 하나 소중하지 않은 당신이 없습니다.

　한때, 나는 나를 볼품 없는 존재라고 여겼습니다. 학생회
비 낼 돈이 없어 가장 아끼는 책들을 중고서점에 팔고 집으로
돌아오던 그 저녁에도 그랬고, 동사무소에서 나눠 준 라면으로

한 달을 버텨야 했던 그때도 그랬고, 장맛비에 역류한 변기 물을 퍼내며 뜬눈으로 밤을 지새웠던 그 밤에도 그런 생각을 했습니다. 왜, 내 삶은 이토록 초라하기만 한 건지 세상이 원망스럽고 나 자신이 죽도록 미웠습니다. 하지만, 이제는 알고 있습니다. 나를 온전히 사랑하고 또 온전히 살아가기 위해선 그때 그 순간들을 내가 반드시 인내해야만 했다는 것을요.

부디, 조바심 갖지 않았으면 좋겠습니다. 마음의 여유를 되찾고, 때로는 잘 풀리지 않는 삶도 있다는 것을 인정할 수 있었으면 좋겠습니다. 잘 풀리지 않는 그 삶 속에서 너그럽게 그러나 끈질기게 발버둥 쳐볼 수 있었으면 좋겠습니다. 다른 누군가가 아닌 당신 자신에게 인정받기 위해서 기꺼이 언제나 투쟁할 준비가 돼 있었으면 좋겠습니다. 그 어떤 힘겨운 순간 속에서도 결국 당신은 방법을 찾아낼 것이고, 멋지게 이겨낼 것입니다. 비로소 더 나다운 순간순간을 당신 이름 앞에 써 내려갈 것입니다. 당신이라는 세상을 당신의 손으로 쟁취해낼 것입니다.

지금껏, 늘 그래 왔듯이.

## 있는 그대로 눈부신 너에게

**1판 1쇄 인쇄** 2021년 06월 07일
**1판 1쇄 발행** 2021년 06월 14일

**지 은 이** 김요비(못말)
**사　　진** 한창엽(화요)

**발 행 인** 정영욱
**기획편집** 정영주 유지수

**펴낸곳** (주)부크럼
**전　화** 070-5138-9971~3 (도서기획제작팀)
**홈페이지** www.bookrum.co.kr
**이메일** editor@bookrum.co.kr
**인스타그램** @bookrum.official
**블로그** blog.naver.com/s2mfairy
**포스트** post.naver.com/s2mfairy

ⓒ 못말, 2021
ISBN 979-11-6214-362-9(03800)